文庫書下ろし

ぶたぶたのお医者さん

矢崎存《あり》美《み》

光文社

この作品は光文社文庫のために書下ろされました。

目次

ビビリ猫モカ

そろそろうちのモカを獣医に連れていかねばならない。

近田孝美《ちかだたかみ》は、その朝もそう思った。

我が家のモカは元野良のメス猫で、もうすぐ一歳になる。

耳としっぽのチョコレート色以外は真っ白な上に、ブルーグレーの目を持つとてもきれいな猫である。体型や逆三角の顔や長いしっぽは、明らかにオリエンタル系の血筋。

声も仕草もかわいらしい。粗相《そそう》もしないし、エサもよく食べて、とても元気で遊びが大好き。一度注意されたことは憶《おぼ》えていてちゃんと守る。どこに出しても恥ずかしくないくらい賢《かしこ》い！

血統書つきの猫にも負けないくらい美しいミックスの極みのような猫（親バカ丸出し）のモカだが、困ったことが一つだけある。

それは、彼女の性格だ。長年実家で猫を飼い続けている夫・長和《おさかず》ですら、

「こんな猫初めてだ！」

と言うほどの。

こっちが緊張するのがいけない、というのは、孝美もわかっている。しかし、何度もトライして、そのたびに無力感を味わうのをいい加減どうにかしたい、という気持ちが現れるのか、さりげないつもりでも彼女には気づかれてしまう。

今朝もいつの間にか姿が見えなくなってしまった。時刻は八時半。

「モカちゃ〜ん、どこにいるの〜……？」

遊んであげるのに〜、みたいな雰囲気を極力出す努力をしながら、あちこち探す。しかし、見当たらない。

以前はおやつで釣ろうとしたが、最近はエサを誰かに盗《と》られることはないとわかったらしく、あまりがっつかなくなった。元々手からものを食べないから、あまり有効な作戦とは言えない。名前を呼んでも寄ってこない。

大変悲しいことだが、はっきり言ってなついていないのだ。

そんな悲しいことは忘れたい、と思いながら探し続け、やっとソファーの下に潜《ひそ》んでいるのを発見する。やはり何か察しているようだ。

おもちゃの方がまだ乗ってくれるので、お気に入りのリボンを鼻先で振ってみる。遊びの誘惑には勝てないらしい。すぐに出てきて、リボンにじゃれ始める。こういうところはまだまだ子猫だ。

そのまま、洗面所に誘導する。しばらくそこで楽しく遊んでいたが、孝美が静かに引き戸を閉めると、とたんに警戒した。何が目的なのか、即座に気づく。

孝美が抱き上げようと手を出して近寄っていくと、モカは悲愴《ひそう》な声で鳴きだした。まさに「助けて〜！」と悲鳴を上げている状態だ。いや、「殺されるー！」かもしれない。

「殺さないって！　ね、お医者に行くだけだから。平気だから。おいで。モカ、ほら、おいで！」

と話しかけても、モカはどんどん興奮するばかり。猫になったつもりでニャーニャー言っても変わらない。鋭い爪を剝《む》きだしにしていつでもひっかける体勢を整える。

仕方ないとばかりに孝美が服の下に隠していた洗濯ネットを出すと、もっと悲鳴が大きくなった。もう近所迷惑レベルだ。

「平気だから、モカ、ほんと平気だから！」

意味ないと思いながらも、言わずにいられない。必死になだめようと声を上げても、モカは一切受け入れず、「助けて〜、殺される〜、この人、猫殺し〜！」と叫び続ける。洗濯機の脇にぴったりと身を寄せ、動こうとしないモカの爪の攻撃を必死に我慢しながらむりやり引き剝がし、洗濯ネットをかぶせようとしたとたん——！

「あーあ……」

あまりの恐怖に固まったモカが、うんちとおしっこを盛大にもらし始めた。

これが、夫が、

「こんな猫初めてだ！」

と言った所以《ゆえん》である。

そう、モカはまれに見るビビリ猫なのだ。

モカが固まっているうちに下半身をきれいに拭《ふ》いてあげた。我に返った彼女は、あわてていつもの避難場所——寝室のベッドの下に入り込んでしまった。

孝美はひっかき傷を消毒し、化膿《かのう》止めを塗《ぬ》る。洗面所を掃除しているうちに、十二時を過ぎてしまった。午前中の受付は終了だ。

ああ、今日もこれでほぼ失敗……。

がっくりしながら、自分のお昼をすませ、モカのおやつも用意する。空腹につられて出てきてくれるといいのだが……。

しかし、皿をカンカン鳴らせばいつもなら出てくるのに、今日はやっぱり出てこない。ベッドの下にリボンやら猫じゃらしやらおもちゃやらを突っ込んで誘っても、まったく動かない。真ん丸な警戒した目でこっちをにらむだけだ。孝美が身体をベッドの下に入り込ませると、もっと奥へ入る。

そんなこんなを数十分おきにやっていると、あっという間に午後の受付時間も終了してしまう。

孝美は、ぐったりとソファーに身を横たえる。

中学生の娘の瑞穂《みずほ》が塾から帰ってきた。居間を見回し、モカの姿がないのを確認する。

「お母さん、今日も失敗？」

「失敗……」

「そうか……」

なぐさめの言葉もないまま、娘は二階の自室へ上がってしまう。

モカが居間にやっと現れ、ほったらかしていたおやつをモグモグ食べだした。こいつ、時計が読めるのか？　いや、多分瑞穂の帰宅ののちの時間帯はどこにも連れていかれないとわかっているのだろう。

頭はいいのだ。頭がいいからこその慎重さだと思っている。

しかし、誰がやっても失敗するモカの捕獲《ほかく》作戦のうち、今日はまだいい方だというのが悲しい。何しろ洗面所に追い詰められて、洗濯ネットに入れられるところだったのだ！

しかしもう、そこにはしばらく入らないだろう。記憶力もいいのだ。もうそういうところが憎らしくも賢くて素晴らしい（親バカ）。


その夜も、家族会議が開かれた。

議題はもちろん、「モカをどうやって動物病院へ連れていくか」だ。

モカが家にやってきたのは、約八ヶ月前。保護したのはすぐ近所の夫の実家だ。気づいた時から一週間ほど鳴き続けていたのは、孝美もわかっていた。義母が親猫を探したが、気配がなかったので、エサで釣って捕まえた。

複数の猫を飼っている実家ではこれ以上の面倒は無理ということで、うちで飼うことになった。瑞穂は大喜びだった。孝美も小さな頃から猫を飼うことを夢見ていたので、非常にうれしかった。

保護時のペットキャリーのまま、近所の動物病院へ連れていったら、

「生後約二ヶ月ですね」

と言われた。まだ小さすぎて、血液検査をしてもくわしいことはわからないそうなので、寄生虫の有無など最低限のことを調べてもらったら、カビに感染していた。

なるほど、やせこけた身体全身にハゲがある。かなりひどいので塗《ぬ》り薬ではなく、飲み薬が処方された。

今思えば、この時しばらくケージに入れなくてはならなかったことがなつかない原因になったのでは、と思っている。でも、カビ（つまり水虫）は人間にも移るから、仕方なかったのだ。

カビさえなければまだよくわからないうちに触り倒して、人間に慣れることもできたかもしれないのに……！

「もっと怖がったかもね」

瑞穂の冷静な声が響く。

「まあまあ、それはもうしょうがないんだから」

夫がとりなす。そう、確かにしょうがない。女子中学生に水虫なんて、絶対に感染させたくなかったし。

でもカビが治ったあとにケージから出しても、モカはなつかなかった。逃げるし隠れるし、なんとか触ったとしても激烈に怒る。「フーッ！」とか「シャーッ！」と言うだけならいいが、伸び放題の鋭い爪での流血騒ぎはもはや日常茶飯事だ。

医者に行くほどではないし、子猫がいるなら当然かもしれない。だが、慣らすため、指の先にちょっとエサを載せて差しだした直後の全力猫パンチにボタボタと血を流した娘のショックはいかばかりか。孝美も、あんな大量に血が流れるのを見るのは久しぶりで、ちょっと貧血を起こしそうになった。

そんなことが延々と続いている日々だ。平日は孝美が一人で（自宅で仕事をしているので）、休日は家族のそれぞれが、あるいは三人そろってなど、様々な方法でモカを捕まえようとするが、こちらの態度から察して隠れてしまったり、捕まえても激しい抵抗でこちらが傷ついたり、今日のようにおもらしをしてしまったりで、全部失敗してしまっている。

もっと毅然《きぜん》とすればいいのだろうが、かわいそうだったり痛かったり、無理に連れていったあとに取り返しのつかないくらい関係が悪化したらと思ったりで――まあ、うちら家族が全員ヘタレだというのはよくわかった。

しかし、

「そろそろ一歳になるんだから、避妊《ひにん》手術を受けさせないと」

これをなんとかしないといけない。

「もう少しなついてからじゃないと病院に連れていけないから、無理じゃない？」

瑞穂があきらめたように言う。

「そうだよねえ。抱っこもまともにできないんだもん……」

最近、ちょっとだけ撫《な》でられるようになってきた。様子を見ながら怖がらせないように触る。ゴロゴロと喉《のど》を鳴らす音も初めて聞いた。もう少し根気よく接していれば、いつかは抱っこもできるかもしれない。今は抱っこというより、単にむりやり捕まえているだけだ。

「ワクチンも、外に出さないし多頭飼いでもないから、そんなに急いでやることもないし」

孝美はうんうんとうなずく。

「猫はおむつがいらないらしいしね」

盛り——発情するということは、生理が来るということだが、猫は出血するわけではないらしいので、その点での心配はない。

「いや、盛りの時は大変だよ……」

夫は実家で拾ったメス猫が避妊前に発情してしまい、一週間ほど鳴き通し、家族がほとんど眠れずに夜を過ごしたという話をする。

「真夜中に『ぎゃあおぎゃあお』って叫び声が次第に近寄ってくるのがわかるんだよ……」

そのげっそりとした顔に、孝美と瑞穂は震え上がる。何、そのホラーゲーム。

「連れていけないのなら、いっそ来てもらうか」

夫が言う。

「往診専門の獣医さんもいるっていうよ」

「お父さん——」

瑞穂がやれやれとため息をつく。

「モカは人間が嫌いなんだよ」

そうなのだ。彼女は人間に対しての恐怖心をまだ克服していない。

前に洗面所のドアが壊れて、修理の人が来たことがあったが、その時は玄関のチャイムの音が聞こえると同時に寝室のベッドの下に入り込み、帰ってから一時間してようやく出てきた。「猫が見たい」と言ってやってきた友だちの前にも姿を見せず、帰ってからエサの皿を叩いてようやく出てきた。

「そうか……。獣医さんも人間だったな……」

そりゃ普通の人よりは動物に好かれるだろうが、人間は人間なんだし。

モカは猫は好きなようだった。人に対してはケージの中からもフーシャーばっかりだったが、実家の他の猫には誘いかけるように手を伸ばしていた。誰もかまってあげなくて、かわいそうなくらい。

「猫の獣医さんっていないかな……」

「お母さん……」

ハッと顔を上げると、夫と瑞穂の同情的な視線が自分に集まっていた。

「いや、冗談よ」

笑ってごまかしたが、本当にそういうところがあったら迷わず頼むのに、と思う。

「動物病院」ってそのものずばり、動物が医者のところって——あるわけないか。


家族会議は不調に終わった。

そして今日もモカをだまして病院に連れていこうとしたが、捕まらないまま午前が終わる……。

今日はつかれて、午後まで粘る気力がなかった。

もういい加減終わらせたい……。

「一回行けば終わりなのよ！」（嘘だけど）

と叫びながら追いかけても、結局は捕まらない。

なんであんなに気を察するのか——あいつ、忍者なのか、忍者猫かっ!?

そんなことをまた興奮気味に考える……。

いっそあきらめるか。

盛りの間の約一週間、眠れないことを覚悟すればいいのだ。それくらい、なんてことないかも……。

しかし、それはきっと夫がいやがる。孝美と瑞穂だって、実際に経験したらどうなるかわからない。

最悪そのとおりになるとしても、困るのは何かの病気のキャリアかどうかがわからないということだ。

発症しないようにできるものならしたいし、将来的に貯金とか保険とか——まあ、そういうのはリスクあるなしでやっといた方がいいけど、とにかく！

ひと通りの健康診断くらいさせてくれよ、という気分なのだ。

もう考えるのにも疲れて、昼食の用意をする気もなくなりソファーに寝転んでいると、夫からメールが来た。

ここの獣医さん、往診もしてくれるって。どうだろう？

そのひとことと、サイトのアドレスが貼ってあった。なんだろう、今更、と思いながらクリックすると、こんな文章がまず目に入ってきた。

人間を怖がる子でも、当院の院長ならほぼ大丈夫です。

なんだろう、この煽《あお》り文句……。「ほぼ」というのが気になる。そりゃあ百%とは言い切れないだろうけれども……。

異常に動物に好かれる人なんだろうか。それとも、何か動物に効くフェロモンを出してるとか？

想像がつかない……。

モカが「ほぼ」じゃない方に入る可能性もあるのだが、とりあえず孝美よりはうまく捕まえられる可能性があると信じたい。

病院の名前は——「山崎《やまざき》動物病院」。ごく普通だ。今どきだとそっけないくらい。

しかし、院長の名前は目を引く。

『山崎ぶたぶた』

とは、なんと獣医らしい名前だろう。ふくよかな方なんだろうか？　それとも、豚の研究をされてるとか？　実家が養豚《ようとん》業とか？

ペンネームというか、通名というか——そういうものかもしれない。小児科医の先生とかもあったりするが……動物に対して通名というのは……よくわからない。

でも、きっと動物が好きなんだろうな、と思った。訊《き》くだけ訊いてみようか——孝美は意を決して、往診用の番号に電話をかけた。

「はい、山崎動物病院です」

渋い中年男性の声が出た。携帯電話の番号だから、これがくだんの「院長」なのか、それとも別のお医者さんなのかはわからない。

「すみません。往診のことについておうかがいしたくてお電話したんですが」

「はい。往診も病院での治療も行っておりますよ」

電話に出た人は「山崎」と名乗った。この人がぶたぶた先生かどうかはわからないけれど、とても丁寧に質問に答えてくれた。

「うちの猫は人間を怖がるし、家の者にもまだ慣れていないので、病院に連れていけないんです」

「ああ、それならお役に立てると思います」

そんなことを落ち着いた渋い声で言われると、「それはありがたい！」とつい思ってしまう。

「往診していただけるとしたら、いついらしてもらえますか？」

気がついたらそんなことをたずねていた。

「何区にお住まいですか？」

区名を言うと、

「じゃあ、明日はいかがでしょうか？」

とあっさり言われた。時間は確約できないということなのだが、来てもらえるならそれでいい。おおよその時間帯は教えてもらったし、用事は今日の午後に済ませておこう。猫の様子や体格、体重（だいたい。何しろ測れないから）、こちらのくわしい住所などを伝えて電話を切る。

すぐに来てもらえるのと、電話での応対の感じがとてもよかったのとで、これでダメでもそれはそれでしょうがないか、と思えた。これで一区切りつけば、もう少し慣れるまで待つ、という踏ん切りがつくかもしれない。

「爪くらいは切ってもらえるかも……」

いちいち流血騒ぎになるのも、爪が異様に伸びてしまっているから。何度か切ろうと試みたが、足に触られるのを殊《こと》の外《ほか》いやがるのだ。こっちの手が焼け火箸《ひばし》であるかのようにビクビクと引っ込め、無理に捕まえれば全力でもがいて暴れる。流血か猫キックでの痣《あざ》の被害は必至だ。

外国では爪を切らないことも虐待《ぎゃくたい》になるとかなんとか——好きで切らないわけじゃないのに、と今朝できたばかりの長い傷跡を見ながら思う。


その夜、ダメ元で往診を頼んでみた、と家族に報告する。

「午後なの？」

「うん、夕方近くになるかもって言ってた」

「明日、塾ないから、早く帰ってくるよ！」

瑞穂が言う。

「間に合うといいなあ〜」

そう言ってこちらをうかがいながら歩いてきたモカに手を振ると、脱兎《だっと》のごとく駆けだした。娘の肩ががっくり落ちる。

どうしてあんなにいつもビクビクしているんだろうか……こんなにかわいがっているのに。

次の日の午後、瑞穂は学校から走って帰ってきた。

「そんなにあわてなくても、まだ来てないよ」

「だってー、モカに何かあったら大変だもん！」

むしろ何も起こらない可能性の方が高いが――。

「お茶とか出した方がいいのかな？」

ソワソワしながら、瑞穂がたずねてくる。あっ、そういうのってどうしたらいいんだろう？　大工さんとかじゃないし、ゆっくりしているヒマもなさそうだが――。

ペットボトルのお茶や缶コーヒーの備蓄があるので、とりあえず冷やしておこう。出すというより、持っていってもらうという感じで。往診ということは、多分車だろうし。

こういうのっていつもどうしようか考えてしまうんだよなー。そつなくやれる人はいったいどうしているんだろう。今度ママ友だちに訊いてみようかな。今更訊くというのも気が引けるが……。

午後五時近くになって、玄関のチャイムが鳴った。モカが全速力で寝室へ走っていく。念のため、瑞穂がドアを閉めた。

インターホンのモニターには、若い男性が一人映っていた。

「お約束いたしました、山崎動物病院の山崎です」

「あ、はーい、今開けます」

ドアを開けると、やはり立っていたのは看護師さんのような白衣を着た男性一人だった。彼は、持っていたものを下におろして、一礼した。

「こんにちは。お待たせしました。獣医の山崎ぶたぶたと申します」

「よろしくお願いいたします」

お辞儀をした孝美の視界に、薄いピンクのぶたのぬいぐるみが入ってきた。バレーボールくらいの身体。突き出た鼻に大きな耳。右側がそっくりかえっている。そしてつぶらな黒ビーズの点目。しかもかわいらしいことに、服を着ている。何の服？　コスプレというには、地味すぎるデザインだけれど。

これ、獣医さんが持ってたのかな。なぜ？　猫におみやげ？

「あ、山崎はわたしです」

ぬいぐるみの鼻がもくもくと動き、右手がしゅたっと上がる。右手……濃いピンク色の布が貼られたひづめだが……。

孝美は顔を上げられなくなった。

え、まさか、このぬいぐるみが獣医だとでも言うの？

「あ、あの、うちの猫は人間が苦手なんですけど」

瑞穂が肩から荷物を下げた若い男性に話しかけていた。

「わたしは助手の出口《でぐち》です。山崎ぶたぶた先生はそちらです」

と下を指さす。孝美はまだ腰を曲げていた。やっぱりこっちなのか……。

「えっ……！」

瑞穂が叫び、たっぷり一分くらいは固まっていただろうか。その間、孝美もそのままだったから、母子そろってフリーズしていた。

「あーっ！　だから人間が嫌いな子でも大丈夫って書いてあったんですね⁉」

やがて瑞穂が、ものすごく合点がいったような声で言う。孝美の腰がびゅんと元に戻る。

「ツッコむのそっち⁉」

「え？」

「ぬいぐるみだよ⁉」

あの宣伝文句の理屈にはかなっているが、そもそもぬいぐるみが獣医ということ自体がおかしい。「動物の獣医っていないかな」とか思っていた自分のことは忘れて、頭の中で「おかしい！」を連発する。ほとんど望みどおりだというのに。

「そうだけど……そうだね？」

今初めて気づいたように、まじまじとぬいぐるみを見る娘。

ぬいぐるみと助手の人からは、特に反応はなかった。慣れているのだろう。それは想像できる。驚かない人はいないはず。

「え、こっちの人がお医者さんなんでしょ？」

若い人間の方を指さす。大学生くらいにしか見えない好青年だ。

「あ、わたしも獣医師ですけど、今日は助手ですので。院長の補助をいたします」

「あ、そうですか……」

急に声が小さくなる。

「はっ、院長先生がぬいぐるみってこと!?」

「そうです」

ぬいぐるみからの弁解はない。

「そっか……だからなのね」

「瑞穂、驚いてないの!?」

「驚いてるけど、でもさお母さん！」

興奮したように、娘は孝美の腕をバンバン叩く。

「痛い！　何よ!?」

「ぬいぐるみだったら、モカが怖がらないよ！」

そうだけど！　そうなんだけどね！

「この際、見た目どうこうより、実利を取らなきゃ！」

すごく失礼なことを言ってるよ、この子！　しかし、やはり慣れているのか何も言わないぬいぐるみ。

「実利って何？　ぬいぐるみが治療って――」

「人間じゃなきゃ、モカは怖がらないんだから、治療できるはずじゃん、獣医なんだから！」

「でもぬいぐるみが獣医――」

って話がループしてる！

「この獣医さんだったら、絶対モカ興味持つよ」

モカは超ビビリ、超神経質、超慎重――つまりは超怖がりなのだが、そのくせ好奇心は旺盛《おうせい》。ぬいぐるみに異常に喜んだりはしないが、一応確認しには来るだろう。たとえば、居間の真ん中とかにこのぶたのぬいぐるみが転がっていたら。

「つまりー、獣医さんに自分から近づいてくってことじゃん！」

ぬいぐるみだから。

ああ、何この状況。頭が混乱している。クラクラしてきた。瑞穂はいきなりキャーキャー喜び始めた。「先生、よく見るとかわいいー！」とか、やっぱり失礼なこと言ってるから、あとでシメる。絶対シメる。

「すみません、失礼なことばかり言って……」

とりあえず頭を下げることぐらいしか思いつかない。

「いえ、大丈夫ですよ。それよりとりあえず玄関の中に入れていただけますか？　お話をしましょう」

ペンネームとか養豚とかとはまったく関係なかった山崎ぶたぶたという名前のぬいぐるみが、困ったように頭をかきながら言う。それはやぶさかではないので、二人……に入ってもらった。

彼らはまだ土間に立ったままだったが、上がり口に正座している孝美たちよりもぶたぶたの目線は低かった。低すぎる。

しばし悩む。

「……あの、上がってください」

「あ、わたしはここで」

出口が言う。かなりガタイのいい人なので、確かに彼が上がると上がり口はいっぱいになってしまう。なんという凸凹《でこぼこ》コンビ。

申し訳ないと思いつつ、ぶたぶたにだけ上がってもらう。それでもまだ目線は低かったが、だいぶ話しやすい。

「まずはいくつか質問させてください」

「は、はい」

飼い主の名前や猫の名前、体重（今朝も測れてなかった……）などの基本的なデータをテキパキとたずねていくぶたぶたに釣られて、孝美は機械的に答えていく。それを助手の出口がカルテに記入する。

「——なるほど、モカちゃんはかなりの怖がりなんですね？」

この点目で「モカちゃん」と言うのは反則だ。後ろで瑞穂が小声で「かわいー……」と言っている。

「はい。家族以外の人間の前には姿を現しません」

「ご家族の中で一番慣れているのはどなたですか？」

「遊びをねだるのは、わたしですけど……」

気がつくと背後（といってもだいぶ遠く）からじーっと見つめられていたり、「ニャー」と言われたりする頻度《ひんど》が高いのは孝美だ。一番一緒にいる時間が長いせいだろう。一番遊んでやっているのも、多分自分だ。

「奥さんも捕まえられませんか？」

「はあ、捕まる前にすごい勢いで逃げます……」

いやがる以前の問題、という感じで逃げる。悲しい……。まれに触れても、激しく抵抗されて数秒とつかんでいられない。

「わかりました。とりあえず今日は、血液検査用のサンプルを取りましょう。本院に持って帰って、結果は後日ということになります」

「完全室内飼いなんですけど、ワクチンは必要なんでしょうか……？」

一匹飼いだし。

「一応それでも打った方がいいと考えられてますよ。人間がウイルスなどを運んでくることもありますし。ただモカちゃんはもうすぐ大人の猫なので、一回接種でもいいと思います」

「今日、打ってもらえますか？」

「元野良ですから、それは血液検査の結果を見てからにしましょう。何かキャリアがあると、ワクチンが反応して発症する例がありますから」

キリッとした声で説明された。点目だけど。

「そうですか。わかりました」

「一回ですませられればいいんですけど……すみません」

こんなしょぼんとした顔をされて「許さない」とか言える人っているんだろうか。

「いえ、もう来ていただけるだけでも充分なので。それで、えーと――」

どう訊けばいいんだろう？

「――どうやって診察するんですか？」

瑞穂が代わりにワクワクした声でたずねてくれた。

「奥さんがわたしを抱えてモカちゃんのいる部屋に入って、床に置いておくだけでけっこうです」

それで本当に診察になるのか、ということは考えない考えない。来てもらえるだけでもありがたいんだからっ。

「……はい」

観察できるよう、居間に置こう。

「頃合いを見計らって、こんなふうに手を回しますから――」

ぶたぶたが手をぐっと上にあげて、ちょっと回す。「はううっ」と瑞穂が変な声を出す。

「奥さんに入ってもらいます。モカちゃんの気を少し引いてください。それから、あらかじめこのケースを部屋に置いておいていただけますか？　気を引いている間に採血をします」

注射器などが入っているフタ付きのケースを渡される。

「わかりました」

孝美はケースを居間へ持っていき、手に取りやすくモカから見えない場所に置いておく。寝室のドアを開けると、ベッドの下からモカが顔を出していた。

モカはすぐに居間へ来るだろう。あわてて玄関に戻ると——仰天した。

出口が何かの機械を持ち、ぶたぶたに向けて、白い煙を噴射させていたのだ。

「あ、すみません、お騒がせして。消毒してるんです」

「く、薬ですか、それ……」

「いえ、蒸気です」

そうなの——って熱い！　玄関がいつの間にか超熱いんですけど！

瑞穂もあっけにとられている。

「すみません、用意できました」

蒸気を当てられてホカホカさっぱりしたぶたぶたが言う。

「あ、ええと……モカはすぐに居間に来ると思います」

「じゃあ、そこへわたしを持っていってください」

すごい日本語、と思いながら、ぶたぶたをおそるおそる持ちあげる。あったかい。うわー……こう言ってはなんだが、生きているみたいだ。

想像していると変な方向に行ってしまいそうなので、頭を振る。

うん。思ったよりもずっと軽い。しゃべって動いているから、重いのかと思った。ごくごく普通のぬいぐるみだ。持っている分には。だんだん冷えてきたし。

両手で捧げ持つようにして居間に入る。ケースの位置も確認したようだ。

「あの……座っているようにしておきますか？」

と小声で訊く。

「そうですね。そうしていただけます？」

言われたとおりにお座りの形に置いておく。その時、緑色の服がいわゆる手術着のようなものだと気づく。特注か？　特注なのか？

居間から廊下に出て、仕切り戸のガラスの部分からのぞく。瑞穂もいつの間にかやってきた。出口は玄関に座り込んで、何やら書き物をしたり、機械を片づけたりしていた。

そろそろおやつの時間なのを察したのか、モカがゆっくりと居間へ入ってくる。そして、部屋の真ん中のあるものに目を止めて、足を留めた。

しばらく固まったあと、そーっとぶたぶたに歩み寄り、匂《にお》いをふんふん嗅《か》ぎ始める。

大きさはほとんど同じくらいだ。

何やらやたら興味を持ったらしく、激しく匂いを嗅いでいる。そのあとはお決まりの猫パンチ。何度も何度も。痛くないのかな……。

ぶたぶたは本物のぬいぐるみのようだった――ぬいぐるみだけど。猫パンチされてもちょっと動くだけで、それ以外の反応はしない。

モカは、このぬいぐるみにあまり危険はないと判断したらしい。さらに匂いを嗅ぎ、そっくり返った右耳に嚙《か》みつき持っていこうとしている。なんだろう、いい匂いがするのかも。さっきの蒸気にかつお節《ぶし》の匂いでも仕込んであるのか？

嚙んで持ち上げた勢いで、ぶたぶたがモカの身体にもたれかかる。ちょっと怯《ひる》んだモカは口を開けてしまうが、それでも持っていきたいらしく、なんとかしっかり嚙みつこうとする。

しかし、なぜかうまく嚙めない。ひらひらな耳が、スルスルとモカの口を避ける。モカの瞳孔《どうこう》が赤く開いてきた。夢中になっている証拠だ。耳を嚙みそこねるたびにぶたぶたが自分の身体にまとわりつくのもかまわず、何度もやり直す。

遊んでいるとどんどん興奮してしまうのだが、とハラハラしながら見ていた孝美だったが、そのうちモカが床に寝転び、ゴロゴロと喉を鳴らしていることに気づく。こっちにまではっきりと聞こえるほど大きい音だ。

その時、合図をもらった。孝美はさりげないふりを装《よそお》って部屋に入る。モカがちょっと体勢を変え孝美を見て、何やらいつもと違うことには気づいたようだが、それが何かはわからないらしい。

探るようにじーっと孝美を見つめている間に、ぶたぶたはモカの後ろに立ち上がり、素早く音もなく動いた。ケースの位置もばっちりだった。器具の出し入れにもまごつかない。

モカが突然立ち上がり、寝室へ一目散に逃げていった時にはすべて終わっていた。注射針に刺されて、さすがに何かされたと気づいたようだ。多分、夕食の時間までベッドの下に潜むだろう。

「やった……！」

孝美は思わず声をあげてしまう。あっけないくらいうまくいった。これでやっと血液検査ができる！

孝美はガッツポーズしたい気分だった。

人間じゃないから不安だったが、人間じゃないからこそモカが怖がらなかったのだ。

理屈ではわかっていたが、本当に目の前で診察してもらえると、そのすごさを実感する。

「ありがとうございます！」

「いえいえ。触診《しょくしん》でも異常は見られませんし、歯も耳の中もきれいでしたよ」

ぶたぶたが言った。たわむれに見えて、ちゃんと触診しているとはっ。

「あ、出口先生を呼んでもよろしいですか？」

「はい、あっ、すみません、上がっていただいて、瑞穂！」

出口はぶたぶたから血液サンプルを受け取り、ラベルを貼付《てんぷ》してからケースにきちんとしまった。

「血液検査の結果は、病院の方に聞きに来られますか？　それとも次の診察の時にします？」

「診察は別の先生なんでしょうか？」

「そうですね。わたしが診察するのは週に一回くらいです」

「あ、じゃあ、次の往診を予約したいんですけど」

やはりぶたぶたに診察してもらいたい。

「はい。わかりました。じゃあご都合を――」

日にちを合わせて、次の予約日を決める。

問題は避妊手術なのだが、それはまた次の時に相談しよう。

「どうもありがとうございました」

本当に助かった。

「それではわたしはこれで失礼します」

「あっ、お茶でも飲んでいってください！」

気がつくとそんなことを言っていた。出さなきゃならないとかそういうのは関係なく、感謝と、あと話をいろいろ聞いてみたいから。

しかし、飲めるのか……？

「すみません、次のお宅へうかがう時間が迫っておりまして……」

残念そうなシワが点目の上に寄った。それがとてもかわいかったから、よしとしよう。

冷やしておいたペットボトルの飲み物を二つ渡すと、とても喜んでくれた。できたら目の前で飲んでほしかったが、持って帰ってしまった。残念だ……。

モカは夜の食事の時には出てきたが、急いで食べてからまた隠れ直した。

夫が帰る頃になって、ようやく安心したのか、居間で毛づくろいを始める。夫は「自分を出迎えてくれた」と誤解して喜んでいる。

食事をしながら今日の往診のことを夫に話す。いつもならもう部屋へ行ってしまっている（以前はドアを閉めていたが、モカが来てから開けっ放しにしている）瑞穂もいる。孝美よりも熱心にぶたぶたの話をしている。

が、当然夫は信じなかった。

「そんなこと、あるわけないだろ？」

と自ら探してきたくせに信じない。でも、自分もきっとそういう反応になる、と孝美は思う。

「瑞穂はふざけてるわけじゃないよ」

孝美に言われて、元々そんな冗談を言う子ではないと思い出したらしい。

「『人間を怖がる子でも』っていうのは、そういうことなの？」

「そうだよ！　さっきから何度も言ってるでしょ！」

最近父親を避ける素振りがありながら、モカのことがあって協力的だった瑞穂だが、さすがにイライラしているようだ。

「えー、俺も休んで家にいればよかったかなあ……」

そんなことできっこないし、まだ半分信じていないような口調で夫は言う。

「あっ！」

突然思い出して、孝美は大声をあげる。

「何!?」

夫と瑞穂の声がそろう。親子だなあ、と思う。

「爪切ってもらうの忘れた……」

「ああー……」

三人でうなだれる。あまりにびっくりして、すっかり忘れていた。

「でも、あの状況では思い出すなんて無理だよ……」

瑞穂がなぐさめてくれるが、「爪を切ってもらう」というのは絶対に忘れてはいけないことだったのだ。流血の事態やボロボロのカーテン、ソファーやふとんカバーなどの被害を少しでも少なくしたいと思っていたのに！

「あの指で爪切れるのかな……」

瑞穂がいぶかしげに言う。

「身体が爪でバリバリにされんじゃないの？」

「たとえそうなっても、切ってもらう！　だって、ぬいぐるみだけど獣医だから！」

「……ほんとにぬいぐるみなのか？」

「そうだよ……」

うんざりしたように瑞穂が言う。

「ごめん、ちょっと混乱してきた」

「次も来てもらう予定だから、ほんとに休みとって一緒にいれば？　百聞《ひやくぶん》は一見《いつけん》にしかずだよ」

「うーん……」

長和は真剣に悩んでいた。


今日もモカは元気だ。

猫パンチする素振《そぶ》りがあるか、興奮して瞳孔が開いていないかを確認して、そっと撫でる。すぐにゴロゴロ言いだした。機嫌がいい。チャンスだ。

「抱っこの練習ねー」

と素早く抱き上げると、

「プキイィーッ！」

とぶたが絞《し》め殺されるような声をあげた。びっくりして離すと、一目散にベッドの下へ逃げていくモカ。

ぶたぶた先生、ごめんなさい——という気分になった。

なんでこんなにかわいがっている飼い主に対して、あんな殺されそうな声をあげるんだろうか。朝からぐったりだ。

午前中にぶたぶたがやってきた。二回目の診察だ。

今朝、くわしい時間を知って、瑞穂はものすごくくやしがっていた。

「お母さん、なんで午後にしてくんなかったの⁉」

そう言われても、こっちの都合だけで予約時間は決められないから仕方ないのだ。

相変わらず孝美たちの言っていることがよくわからない夫は、何か異星人でも見るような顔をしていた。

それはさておき、モカの血液検査に特に異常はなかったので、この診療でワクチン接種と爪切りが終わる。

モカは爪切り（だけじゃなくブラシでも）を見たとたんに怖がって逃げるのだが、ぶたぶたはそれを巧みに服の中――ではなく、パフパフの腕全体で隠し、自分の耳や身体を嚙ませている間に、爪を切った。

「さすがだ……！」

またこっそりのぞきながら、孝美はつぶやく。

モカはまた現れたなんだか気になる遊び相手に夢中だ。ああやって気を引きつけておけばいいのか――。でも、人の手自体を怖がるから、そもそも無理だ。

「モカちゃん、もうちょっとしたらなつきますよ」

身体や耳をベチャベチャにして、ぶたぶたが戻ってくる。出口がまた蒸気でシューッと消毒する。

「ほんとですか？」

あの怯《おび》えようを見ると、いくらぶたぶたの言うことでも説得力はない。というか、別の人が言ってもそうだと思う。

つまり、モカがなつくかというのは、誰にもわからないのだ。

「撫でるとすぐにゴロゴロ言いますからね。ちょっと他の子より臆病《おくびょう》ですけど、いったんなつけば甘えんぼになりますよ」

孝美が第三者からモカのような猫のことを相談されたら、きっとそんなふうに言う。でも当事者からしたら、それははるかかなたの未来にしか見えないし、どこかの並行宇宙《へいこう》かよとまで思ってしまう。

それくらい、モカの怯えに傷ついていると言える。

何しろかわいいから、好かれたいのだ！　甘やかし倒したいのに、このままではそれもできない。

「頭いい子だと思いますか？」

ぶたぶたにタオルを渡す。まるでひと試合したあとのスポーツ選手のように、ワシャワシャと耳を拭く。

「そうですね。記憶力もあるし、自分の名前や奥さんの声もちゃんと聞き分けているみたいですよ」

「そうですかっ？」

ついデヘへと笑ってしまう。

「奥さんが名前を呼ぶと、顔がそっちに向きますし、向かなくても耳が動いてます。無視することはできないんですね」

「……無視する子もいるんですか」

「いますよ。全部わかってて無視する頭のいい子もいますし、何もわかってない子もいます」

おバカな子もかわいいだろうが、できれば頭のいい子の方がいい。モカみたいな！

「もっとなついてもらうには、どうしたらいいんですか？」

「その子の好きなことをやってあげて、ストレスなく暮らしてもらうことが一番ですかね。ある日突然慣れることもあるし、何年かかけてジワジワ少しずつ慣れることもあるし……近道はないですよ」

ぶたぶたは、動物と話ができたりするんだろうか……。たずねてみたいが、勇気がない。バカみたいだし。

でもこの外見でそういうこと期待されても無理ないのではないか。できて当然、と思われていても無理ない。

訊きたい訊きたい――と考えながらも何も言えずに、ぶたぶたは帰っていった。

モカは窓際でぶたぶたが車に乗って帰っていくところをじっと見送っていた。

その夜遅く、瑞穂も寝てしまってから、夫が帰ってきた。

「ちょっと話がある」

と突然言われる。いったい何？　真剣な顔して……。

不安に思いながら、食卓で対峙する。

「あのさ……この間言ってたぬいぐるみの獣医って、ピンクのぶたの？」

切りだされたのは意外なことだった。

「そうだよ」

ちゃんと言ったはずだが、改めてどうしたんだ？

「俺、それ見たかもしれない……」

「それなんて言わないで！」

とっさに口から出た。

「ぶたぶた先生は今日も来てくれたんだから！　モカの爪、切ってくれたんだよ！」

やっと爪が切れて、それだけで孝美は感動だ。

「あ……ああ、ごめん」

びっくりした顔で夫が謝る。

「とにかく、今日、商談で小学校に行ったんだよ」

「午後？」

「そう」

午前中だったら違うぬいぐるみだ。ああいうぬいぐるみが他にいるとは思えないが。

「その学校の近くに、小さな牧場があってさ。乗馬クラブと一緒になってるらしいんだけど、牛とか山羊《やぎ》もいるんだ。そこにいた」

長和は最初、車の中からチラ見しただけだった。

牧場の柵の中で、牛が背中にピンクのぶたのぬいぐるみを乗せている。

ふーん、かわいい、と思ったところでハッとなる。

この間、家へ往診に来た獣医というのは、ぶたのぬいぐるみと言っていなかったっけ？

でも、あんなに小さくて診察なんてできるわけないではないか。バレーボールくらいしかないぞ。

きっと目の錯覚《さっかく》だろう。

そう考え直したくせに、学校に着いて打ち合わせをしながらも、さっきのぬいぐるみが気になって仕方がなかった。こんな偶然、あるわけないし。

「お隣の牧場はけっこう大きいですね」

商談が終わってから、相手をしてくれた教頭先生に話を振ってみた。二十三区のはずれだが、都内としてはなかなかの敷地だ。

「ええ、授業にも積極的に協力してくださるので、とても助かってます」

環境は確かにいい。しかし、それを訊きたいわけではない。が、どう言えばいいのかわからない。いきなり、

「隣の牧場で牛の上にぶたのぬいぐるみが乗ってて」

とか話し始めるのか？　変な顔されること必至だ。別にそれ自体はなんてことない話だし。

「興味おありですか？」

「あ……動物が好きなもんで」

正確には「猫が好き」だ。だからモカがなつかないのは心底悲しい。

「たまに校外授業を牧場でやるんですよ。獣医さんに講義していただくこともあるんです」

獣医さん。ここでも獣医さん。

「ほー、そうなんですか。一度拝見したいですね」

しらじらしい社交辞令を言ってしまった。案の定、それ以上話が弾《はず》まない。

当たり障《さわ》りのない辞去《じきょ》の挨拶《あいさつ》をして、学校を出た。ズルズル話を延《の》ばしていたバチが当たったのだ、きっと。幸いなことに、商談自体はうまくいった。

だからとっとと帰ろう、と思ったけれども、どうしても気になる。

ちょっとだけだし、と言い訳をしながら、隣の牧場の周りをうろついてみた。「乗馬しませんか?」とか言われたら、どうしよう。

まあ、スーツではできないだろうけど、「着替えられます」と言われたらどう反論しようとかいろいろ考えてしまう。

やってみたくないわけではなくて、とにかくぬいぐるみを確認したいだけなのだ。だいたい仕事中だし。本当にもう帰らないといけない。

双眼鏡でもあればいいのだろうが、そんなものはありはしない。だから、ひたすら近くを――柵の周りをのどかに見学～、というように歩いていた。

十分くらいたって、やっとそのぬいぐるみらしきものを見つけた。牛の上ばかりを見ていたから、わからなかった。

ピンクのぶたのぬいぐるみは牛の上から犬の上に移動していた。ボーダーコリーの上に乗って牛を追いかけている。バレーボール大の身体がポンポンはねる。

「うおー」

思わず変な声が出た。『ベイブ』だ。映画の『ベイブ』そのものではないか⁉

もうなりふりかまっていられず、柵にもたれかかってそのまま見物する。

コリーにはちゃんと手綱《たづな》（？）がついており、それを握ってぬいぐるみは座っていたが、そのうち立って乗り始めた。片手を牛だか犬だかに指示しているように伸ばしたりして、すごく偉そうな上にかっこいい。サーカスの曲乗りとかロデオみたいだ！

見ているうちに、驚きよりも面白さが勝ってきた。口がバカみたいにポカンと開いてしまう。ただで見せてもらっていいの、これ⁉

でも、孝美や瑞穂が言っていたのと全然違う。動物の上に乗ってはいるが、全然獣医っぽくない。やっぱり違うぬいぐるみ？

二人はなんて言ってたっけ、その獣医のこと——。

「あー、ぶたぶた先生！」

そうだ、確かぶたぶた先生！

突然、背後から小学生の団体が駆けてきた。あっという間に柵に群がり、長和は囲まれてしまう。

さっき行った小学校の生徒たちに違いない。学校帰りか？

子供の声に反応して、ぬいぐるみが手を振ってくれたが、顔の認識はできるんだろうか。

そもそもぬいぐるみって目が見えるの？

「かわいいー！」

女の子たちがキャーキャー言っている。かわいいもの、大好きだからな。

「おじちゃんもぶたぶた先生見てるの？」

人懐《なつ》っこい男の子が話しかけてきた。

「あ、うん」

「ぶたぶた先生、かわいいよねー」

すごく同意を求められている気がするので、

「そうだね」

と言っておく。

ぶたぶた先生（やはりあのぬいぐるみは獣医なのか）は犬から降りた。

「ぶたぶた先生、今度きっと馬に乗るよ」

えーっ、と声に出そうになったが、本当に乗っていた。しかも、馬の下げた頭を伝って鞍《くら》に登った。

しかし、当然足は届かないから、犬と同じに鞍の上に立つのか——と思ったら、たてがみにつかまった。

そのまま馬が走りだす。馬は、誰かというか、何か乗っているという意識はまったくなく、ただただ走りたくて走っているだけに、そしてぶたぶたは、必死にたてがみにつかまっているとしか見えない。

「ぶたぶた先生は、牛のお産もしたことあるって言ってたよ」

男の子が楽しそうに話しているが、内容に長和は仰天する。あの身体でどうやって!?

なんか子牛産まれる時って、足引っ張ったりするんでしょ!?

それとも、何か秘策があるのか……あるいは、ファンタジーなことができるのか？

「ぶたぶた先生って、魔法でも使える？」

半分ウケ狙いの長和の言葉に、男の子は哀《あわ》れんだような顔になった。

「魔法使いはお話の中にしか出てこないよ。おじさん、知らないの？」

……そんな言い方しなくてもいいじゃないか。

ていうか、あれが魔法使いじゃなければなんだというんだ！　馬に乗ってるんだぞ！

――まあ、馬にくっついているとも言えるか。

「あれはいったい何をしてるの？」

反対に訊いてみた。

「多分、治療した馬や牛の調子を、実際に乗って確かめているんだと思う」

すごく真面目に答えられた。何年生くらいだろう？　わーきゃーしている周囲の子たちも含めて、三、四年生くらいだろうか。

「ぶたぶた先生なら、乗っても動物の負担にならないから」

けど、それは君の想像なんだよね、と言いそうになるのをかろうじて堪える。確かに理にかなっているけど。

——理ってなんだ、理って。あのぬいぐるみの存在自体が理にかなってないのに。ぶたぶたは馬から降り、再び牛に乗った。今度は何をするのか——。

「あれはね、コリオに牛追いの指示を出してるの」

「コリオ？」

「犬だよ」

なんといいかげんな名前だろう。コリーだからコリオって。メスならコリ子か。

「コリオは大きく見えるけどまだ子犬で、今訓練してるところなんだって。こないだ、ぶたぶた先生に聞いたよ」

訓練というより、牛とも犬ともテレパシーで話しているかのように見える。本当はそうなんじゃないかなあ。

「しかし、ほんとに『ベイブ』みたいだな」

「何それっ？」

独《ひと》り言《ごと》に食いつく男子小学生。説明を期待する目を向けている。

「子豚が犬のかわりに羊追い大会に出る映画だよ。ぶたぶた先生、その子豚のベイブに似てるんだ」

似てるは言い過ぎかもしれない。ぬいぐるみと生身《なまみ》だし。でも、大きさは似てる。

「ほんと⁉　ＤＶＤ出てる？」

「出てるよ」

多分。

「じゃあ、今度見るね。教えてくれてありがとう！」

素直な子だ。

「ぶたぶた先生ってすてきでしょ？」

すっかりファン仲間だと思われたようだ。

「そうだね」

まあ、それは認めてやってもいい。話などは聞こえてこないが、牧場の人とも真剣に話している雰囲気が伝わってきて、なんか仕事できそうなぬいぐるみだ。馬も牛も犬も、なついているし。でも馬や牛は大きすぎて、油断していると食べられてしまいそうだが。

「僕、ぶたぶた先生みたいな獣医になるんだ」

あの人はちょっと特殊なので、真似はできないだろうが、人間の立派な獣医さんを目指せばいいんじゃないかな。

「そうかー、がんばってね」

「うん！」

昔の瑞穂のようだ……。

子供がいるから牧場の人たちが近寄ってくるかと思ったがそういうこともなく、子供たちも次第に柵を離れ始めた。

「じゃあ、僕帰るね。おじさん、さようならー」

「さようなら」

子供たちが口々に「さようなら」と言いながら帰っていく。すごく久しぶりに言ったな、「さようなら」。


「――そんなことがあったんだ」

語り終えて夫は満足そうにお茶を飲んだ。

「わかったでしょ、ぶたぶた先生が本当にいたって」

「それはわかった。すごかった」

「よかった、信じてくれて」

「でもな」

夫は湯のみをダンッとテーブルに置き、妙に芝居がかった声で、

「あれは、絶対に何かあると思っている」

何を言い出す……。

「あれは、普通じゃない」

そりゃ普通ではないが。

「多分、魔法とか……えーと、フォースとか」

「フォースって！」

一瞬にしてヨーダがぶたぶたに変わる。大きさもちょうどいい。ライトセーバー握らせたい！　ジェダイのローブが超似合いそうだ。

「魔法以外にないのか、そういう単語は!?」

「何よ、超常現象とか超能力とか？」

「いや、なんかニュアンス違うんだよな……」

悩んでいるが、出てこないらしい。

「とにかくっ、そういう不思議な力を彼は持っていると思う！」

「――『ない』と否定はできないわね」

「だろ？　だから、それに俺は期待したい」

「何が言いたいの？」

「モカが俺たちになつくように、何かしてもらう」

夫はそう得意気に宣言した。

「……何言ってんの？」

「バカじゃないの？」と言うのをかろうじてこらえたあたし、偉い。

「だってもうー、一年もたつのに抱っこも満足にできないじゃないかー！」

確かに、夫に対しての抵抗は特に激しい。むりやり持ち上げると四肢を突っ張ってクネクネさせて、とにかく逃れようとする。抱っこしようと追いかけるのがいけないんじゃないかと思うが、間違っているだろうか。

「全然進歩してないわけじゃないでしょう？」

「そうだけど、もう心が折れそうで……」

確かに実家でずっと猫を飼ってきた夫でさえも、モカは「難しい猫」だという。ゲームでいえばハードモード――いや、そのハードをクリアしないと出てこないような「プロフェッショナルモード」と言ってもいい！　と断言していた。

孝美は初心者なので、段階的なことはわからないが、難しいというのは充分承知している。猫を飼ったら最初はフーシャーしていても、エサをあげたらすぐになついて、たちまちキャッキャウフフできるものと思っていた。

甘かった……。

なつくどころかいまだに怯え、手からエサも食べないし、猫パンチで流血だ。猫飼いとしての楽しみは、あまりにも少ない。

それに焦《じ》れてなんとかしたいと思っている夫の気持ちもわかるが――。

「ぶたぶた先生がなんとかしてくれても、それはそれで虚《むな》しくない？」

「なんで？」

「だって、自分の力でなついてもらう方が、喜びが大きい気がする」

「このままなつかなかったらどうするんだよ？」

そんなこと言われたら困る。猫に対する知識は夫の方が上だから、「なつくよ！」と強く主張できない。

「……なんの話してんの？」

背後から眠そうな声が聞こえる。

「あっ、ごめん。起こしちゃった？」

ジャージ姿の瑞穂があくびをした。

「いや、そういうわけじゃないけど……喉渇いて」

瑞穂は冷蔵庫からミネラルウォーターのボトルを出し、コップ一杯一気に飲み干した。

そして、そのまま食卓に座る。

「で、お父さん、ぶたぶた先生目撃したの？」

そこから聞いてたのか……。

「あ、うん……」

「それで何？　ぶたぶた先生にモカを説得してもらおうって話なの？」

「うん、まあ……説得でもいい。とにかく、ぶたぶた先生に力を貸してもらいたい」

「力を貸してもらうのは当然でしょ？　獣医さんなんだもん。普通に相談したら答えてくれるよ」

至極まっとうな孝美の意見に対して、瑞穂が言う。

「いや、普通じゃないことも相談しようよ」

「これ以上普通じゃないこと求めてどうすんの？」

「あたし、ぶたぶた先生って動物と話ができるんじゃないかと思ってるんだよね」

……この子も何を言い出す？

「そうだよなー。そうじゃなきゃ、獣医なんてできないと思うんだよ。体型的に」

「でも、人間にだって『話ができるかも』って思われるような先生はいるよ？」

ともすると二人の言い分が的《まと》を射ているように思えるので、流されないようにしないと。否定要素がないからこそ、孝美としては中立の立場を取りたい。

「ストレスを減らして動物の自己治癒力《ちゆりよく》を上げることができるっていうくらいじゃ、不思議な力とは言えないんじゃない？　人間に対しての治療だって、そういうことあるし」

「それは周りがそう思いたいってことだし、存在自体がそういうヒーラーってことで、本人も気づいていないのかもしれないよ」

何その中二病っぽい考え方。って、ほんとにこの子は中二だけど。

「あ、それいいね。本人も気づいてないってありそう！」

四十代男の中二病はありえん。

「ぶたぶた先生が何かできることを前提に話すのはやめようよ」

「でも、腕がいいのは確かみたいじゃないか。モカに注射できたんだし」

それは魔法とかフォースとか関係ない。体型っていうか、身体能力の問題だ。そういうのを活かして普通の獣医をやっているってことでしょ？

「ダメ元でモカを説得してくれって頼めば？」

今まで親をからかってたのか、と思うくらい、瑞穂がクールな声で言う。

「うん、そうだな。そうしてみようか。ほんとダメ元で」

夫ははりきっているが、

「じゃあ、お母さん、よろしくな」

……やるのはあたしですか。


「――というわけなんです」

「はあ」

またまた玄関先で、ぶたぶたと打ち合わせだ。その時に、先日家族で話し合ったことを切り出してみた。

とりあえず、

「あなたの魔法の力でモカをどうにかしてください」

とまで言うのはやめにして、

「モカに、『わたしたちに怯えなくていいんだよ』と説得してください」

とシンプルにお願いしてみた。

察するに、ぶたぶたはこういうことを頼まれるのに慣れている。彼のビジュアルでは「動物としゃべれる」と思い込む人が少なくないだろう。

瑞穂はよくわからないのだが、夫はかなり本気だ。孝美は「そうだったらいいな」と考えてはいるが、実際のところそういう不思議な力はないと思っている。

それは、モカの態度に理由がある。

他の動物はわからないけど、少なくともモカはぶたぶたをぬいぐるみだと思っているはずだ。人間だと思っていないから、怖がらない。

それだけの違いじゃないのか？

「いや、それがすごいんじゃん！」

とは夫の言葉で、それにも納得できるのだが、だったらそれ以上期待しなくても、と思わなくもない。

「えーと……わたしはただのぬいぐるみですから、動物とはしゃべれないんですが」

ほら予想通りの返事ではないか。

そう言われたらどうすんの、と夫に言ったら、

「そんなことない！　彼はきっとしゃべれる！　しゃべれてることを意識していないだけなんだよ！」

それならほっといても（ぶっちゃけ黙っていても）モカは説得されるんじゃないかと思うが、とにかく夫がしつこい。

まあ、無理もない。夫が言うにはモカは、今まで飼った猫の中でもっとも美しく、もっとも頭のいい猫だという。鳴き声も他の猫と違う。表情も豊かで、おそらく慣れればツンデレな甘えんぼになるだろう、と見ているのだ。

とにかく早くモカと仲良くなりたい！　一日でも早く！　そのためにはなんでも利用する！　という気持ちが見え隠れする。自分よりも家にいる時間の長い孝美や瑞穂に負けたくないというのもあるのだろう。これだけのために来てもらった今回の診察代も、彼のこづかいから出ているし。

「そうですよね、すみません……」

なんだか恥ずかしい。

「でも、一応伝えておきます」

「え？」

「効き目はまったく保証できませんが」

冗談かと思ったら、ぶたぶたの顔は至って真面目だった。同じ点目だけど、なんとなくそう見える。

「ご了承いただけます？」

「は、はい……」

そりゃあもちろん。どんなふうに説得するのか見るのも楽しみだ。


いつものようにぶたぶたが、モカを触診する。

モカは遊んでいるつもりになっている。口をグワッと開けられて中を見られたり、耳の中をいじられたり、お腹《なか》を揉《も》み揉みされても怒らない。というより、なんだか気持ちよさそうだった。彼自体にもだいぶ慣れたようだ。

通常ならここで注射などの治療、ということになるのだが、突然ぶたぶたが口を開いた。

……いや、これは言葉の綾《あや》だ。彼の声が聞こえたのだ。

「モカちゃん、お願いがあるんだけど」

聞いたことのない声に、モカはビクッと身体を震わせたが、逃げなかった。キョロキョロして、ぶたぶたを凝視《ぎょうし》する。

「近田さんのお父さんとお母さん、瑞穂ちゃんと仲良くなってあげて」

モカはこの声が、ぶたぶたのものだとわかっているだろうか。

「みんな怖くないよ。優しい人たちだから、安心して甘えていいんだよ」

モカはゴロゴロ言いながら、ぶたぶたの鼻にゴーンと頭突《ずつ》きをした。

「あ」

ぶたぶたがコロンと転げてしまう。そこに飛びつくモカ。遊びの続きをまた始めた。

ぶたぶたが手を回した。

モカが孝美の方を見る。「ちっ、邪魔しやがって」みたいな顔をしていると感じるのは、自分がぶたぶたに嫉妬《しっと》しているからだろうか。少なくとも、モカが彼の言葉を真剣に聞いているように見えたから。

そして、モカを説得するためだけのぶたぶたの往診は終わった。いや、避妊手術についても相談したのだが。もう少しなついて、病院に連れて来られるようになってから、ということになった。

「盛りは始まってしまいますかね……」

「それは……なんとも言えません」

今日のぶたぶたの説得が、功《こう》を奏《そう》しますように。


翌日、モカに特に変化はなかった。元気よくキャットタワーを登り降りし、エサをパクパク食べ、遊んであげると喜ぶ。でも、抱っこしようとすると全力で逃げる。いつもと変わらない。

やはり、動物と話せるなんてこと、あるわけなかった。

「特に変わりないね」

夫と瑞穂はしょんぼりした様子で出かけていった。昼間、孝美もアプローチをしたが、モカのビクつきは通常どおりだ。

その夜遅く。

寝る前に急ぎの仕事を食卓に置いたパソコンで片づけているうち、だいぶ遅くなってしまった。めんどくさい状況になってしまい、なかなか終わらない。

早くふとんに入りたいと思いながらカタカタとキーボードを叩いていると、後ろからモカが「ニャー」と鳴く。

「遊べないよー、仕事中だから」

振り向かずにそう言う。

しばらく静かだったが、また「ニャー」と声がする。

振り向くとモカはソファーにいた。ピシッとした猫背（日本語おかしいが）で、こっちをじっと見つめている。

「仕事なんだよ」

モカの目はなんだかキラキラしていた。あざといほどの上目遣いだ。また「ニャー」と鳴く。

「何してもらいたいのー?」

猫の気持ちはさっぱりわからない。しかし、こんなに何か懇願《こんがん》している（ように見える）のなら、撫でられるかな？

ソファーの隣に座る。こうすると通常モカは、すぐにソファーから降りてしまう。でも、今夜は違った。視線をキョロキョロさまよわせているが、降りない。

そっと背中を撫でてみる。ちょっとビクッとしたが、逃げない。次第にゴロゴロ言い出した。

モカがこっちを見上げて、何か言いたそうな顔をしている。

「何？」

と言うと、突然立ち上がった。ああ、やっぱり逃げてしまうのか、と思ったら、そのまま孝美の膝（正しくは太もも）の上に乗った。

『おおっ！』

孝美は心の中で叫んだ。声に出したり、ガッツポーズをしたら逃げていくから、必死に動かないように我慢した。

モカは孝美の狭い膝の上で何かを探すようにグルグル回り、最終的に前足をグーパーにしながら、太ももを揉みだした。

おおっ！　これが、これこそが噂《うわさ》に聞く〝フミフミ〟か！　と、大興奮したのもつ

かの間、

『痛い痛い！』

孝美は声なき悲鳴をあげた。この間、切ってもらったばっかりなのに！

子猫のモカの爪はすぐ伸びる。しかもまだ細いから鋭い。それが薄いパジャマを貫通し、容赦なく孝美の足の肉をえぐる。何度も何度も。

それでもうれしかった。

『やっと……やっと希望が見えてきた……！』

大げさだが、そんな感じ。猫と一緒にキャッキャウフフな生活の第一歩だ！

しばらく痛みに耐えながらフミフミされていたが、やがてモカの気がすんだのか、突然膝から降り、居間から出ていった。その態度もまた猫らしい。

夫や瑞穂を起こしたい衝動にかられたが、孝美はしばらく一人で喜びを嚙みしめた。かなり長い間。

我に返って太ももを確認すると、血がにじんでいた。それでもやっぱりうれしかった。

その日の仕事が結局徹夜になったのは、しんどかったが。

モカが推定一歳半になった頃、ようやく避妊手術ができるようになった。

もちろん、往診ではなく、ちゃんと病院へ連れていった。近所の獣医さんでもよかったのだが、ぶたぶたに会いたいと思い、山崎動物病院の本院に予約を入れた。それで手術が少し遅くなってしまい、孝美も瑞穂も、夫の予言どおり、モカの鳴き声に寝不足の一週間を過ごすはめになる。

「あの時はありがとうございます」

孝美は、半年ぶりにやっとお礼が言えた。

ぶたぶたの病院は、思ったとおりアットホームな雰囲気《ふんいき》で、そして混んでいた。モカは緊張して、とてもおとなしかったが、ぶたぶたのことは憶えていたのか、診察台の上でしきりと鼻をふんふんさせている。

「ぶたぶた先生がモカを説得してくださったおかげで、なついてくれました」

今も彼女はビビリだが、家族のことはそんなに警戒しなくなった。抱っこも好きではないようだが、ある程度は我慢してくれるようになった。特に孝美と瑞穂には自分から甘える。膝をフミフミし、足にまとわりつき、夜はどちらかのふとんの上で寝る。

長和に対してはまだ抱っこをいやがることが多かった。フミフミもしてくれない、と言って愚痴《ぐち》る。

「でも、すぐに夫にも慣れると思います」

モカは他の子よりも慎重で時間がかかるだけなのだ。

「そりゃあよかったです。そのうちなつくとは思ってましたが」

「ほんとに先生のおかげです」

「いやいや、そんなことないですよ」

ぶたぶたはボールペンを持った手をブンブン振る。ビビリなことは変わらないので、モカがペンにじゃれつくことはなかった。でも、もう彼女の方が大きかった。成長の過程がわかりやすい。

「みなさん、わたしのこと『不思議な力を持ってるんじゃないか』っておっしゃるんですけど――」

あ、やっぱりみんなそう思うんだ。そうだよなー。

「わたし自身は、動物の方がよっぽど不思議だと思うんですよ」

そう言われて、ハッとする。

「モカちゃんが言葉を理解してるのかもしれないじゃないですか」

そうか——モカは賢いからな！

と手放しに納得はできないが、ぶたぶたの言っていることもわかる。

と同時にモカが「ニャッ」と鳴いたのでびっくりする。

「多分、『そうだよ！』って言ってるんじゃないですか？」

そうなのかな——というか、その方がうれしいと孝美は思う。だって、かわいくて賢い上に不思議だなんて！　そんな猫が家にいるなんて！

そっちの方が、ぶたぶたには悪いが、ワクワクしてしまう。

「そうなの〜？」

とモカにたずねても、そっぽを向いてあくびをしている。

とりあえずそう思っておこう。ぶたぶたについても、とりあえずはこのままで。

春の犬

その犬は、おととしの春、結川《ゆかわ》家へやってきた。

買ってきたのは、伊織《いおり》の母・芹子《せりこ》だ。

「ペットショップで目が合ったから、買ってきちゃった」

短毛チワワらしき焦《こ》げ茶の小さな犬に対しての伊織の印象は、

「いつも震えている」

というものだった。プルプルとする小さい身体がわけもなく恐ろしく、一度もかわいいと思ったことがない。

「こんな小さいのなら、猫を飼えばいいのに……」

伊織は恨《うら》みがましくつぶやく。

小学生の頃、近所の公園で子猫を拾った。だが両親に飼うことを反対され、捨てるように言われた。抵抗して部屋に隠していたら、いつの間にかいなくなっていた。

おそらく、その当時の家政婦か誰かに捨てられてしまったのだろう。誰かにもらわれたのならいいのだが、と時折思い出す。

「だってかわいかったんだもん。いいじゃない？」

母は捨て猫のことをすっかり忘れているらしい。

あの子猫がダメで、どうして同じくらいの大きさのペットショップで売っている犬ならいいのか——伊織は本気でわからなかった。

思えばその猫のことがあってから、両親というか、母を理解するのをやめた気がする。父に対してはもっと昔だ。理解する以前に、家にほとんどいなかったのだから。

「犬は散歩が必要なんだよ。どうするの？」

「中庭に放しとけばいいでしょ。そういうことができないから散歩が必要なのよ。庭が広ければ、好きに運動するわ」

そんなもんかとその時は思った。逃げ出したりしないのかと思ったが、こんな小さいと塀も飛び越えられないだろう。中庭は隔離《かくり》されているような場所だし。

犬の名前はチョコとつけられた。

伊織は、母が買ってきた時からずっと無関心を決め込んでいる。

自分で飼うと言ったくせに、母はあまり世話をしなかった。気が向いた時にエサやおやつをあげたりするくらい。排泄《はいせつ》の始末などはやったことがないはずだ。

基本的に面倒を見ていたのは、結川家の家政婦・仙波《せんば》さんだった。といっても彼女も通いなので、最低限しかしていない。散歩の必要がないから、それでも充分だろうが。

まるで自分のようだ、と伊織は考える。母、そして父の里文《さとふみ》は、「家族」という単位に「子供」が必要だから、という認識で一人息子を作ったとしか思えない。もちろん結婚も、親や世間の目に応える形でしかなかったのだろう。その方が仕事がうまくいく――確かに父は経営コンサルタント会社、母は化粧品とサプリメントの会社を経営しているが、両方とも順調らしい。

しかし、家庭人としての自覚は薄い。ケチではないので家は大きく、家事や料理も人を雇える。伊織は何不自由ない生活をさせてもらっているが、ほめられたことも叱られたことも――おそらくない。憶えがない。

両親が感情的になるところ自体を見たことがないというべきか。

両親ともに似たような環境で育てられたらしい。金持ちだが非常に無機質な生活。かといって、決して常識からは逸脱《いつだつ》しない。勤勉で賢いが、基本的に家庭を自分の居場所とは考えない人たちなのだろう。金で解決できないことには真摯《しんし》に謝る。だが何が悪いのかはわからない。謝るしかないから謝るだけだ。

悪い人ではないが、いい人でもない。人によっては神様のように見えるだろうが、人によってはただのクズだろう。

自分もああいう人間になるんだろうか、と考えると怖い。反抗期というものもないのだ。感情を爆発させたこともない。

これが連綿《れんめん》と続く古い一族の気性なのかと思うと、あきらめが先に立つ。どこかでそれを断ち切りたいが、叶《かな》えられない願いを抱くのも怖いのだ。

伊織は今年高校を卒業した時から一人暮らしをしている。

大学受験に失敗して浪人生活を送るに当たり、「一人暮らししたい」と言ったらあっさり許可が出た。しかも、そのためのマンションまで用意してくれた。

伊織は、そんな状況に違和感を覚えながら、拒否することもしない自分を不甲斐《ふがい》なく思う。同級生の中には、自分とほぼ同じような境遇で、思いっきり羽根を伸ばしている者もいる。それが正しいかどうかはわからないが、少なくとも自分よりはストレスがなさそうだ。

「えー、でもそういう状況に違和感を覚えてるんなら、それで充分だと思うけど」

そう言ったのは、細村睦月《ほそむらむつき》。同じ予備校に通う三つ年上の女性だ。

予備校でたまたま席が隣同士になり、伊織も好きな小説家の本を読んでいたので話しかけて仲良くなった。

二人の境遇はかなり違っている。小さい頃、両親を事故で失った睦月は児童養護施設で育った。高校を出てから働き始め、大学の学費を貯《た》めていたが、最近父方の祖父が亡くなったと連絡を受けた。彼女の両親は駆け落ち同然の結婚だったのだ。母親の身寄りがないことに父方が反対していたらしい。

死期が近い頃に息子夫婦の死と孫娘の苦労を知った祖父（祖母も数年前に亡くなっている）は後悔し、睦月へ渡る遺産を他の親族と揉めないように確保していた。

弁護士からそれを聞かされた睦月は初め反発したが、尊敬する人に説得され、大学の学費として使うことにした。予備校も含めて卒業するまで生活するだけの余裕は充分にあると言う。

割と個人的な、しかもお金に関してのことをべらべらしゃべってしまうことに、伊織

は少し不安に思い、注意をしたことがある。すると睦月は、

「結川くんなら平気だと思ったの。だってあなた、すごくお金持ちでしょ？」

伊織はとても驚く。そして、なぜかがっかりしたような気分になった。

「どうして金持ちだと思ったの？」

「うーん……持ってるものもそうだけど、話し方とか、雰囲気とか」

睦月が予備校に通う前に働いていたのは、小さなホテルチェーンだったらしい。そこではいやでも人間観察をしないわけにはいかなかったと言う。

「お金にガツガツしていないっていうか、執着してないように思えたの」

そんなことはない。伊織は睦月から話を聞いて、彼女の祖父の財産の規模なら、もっと遺産をもらえたはず、と思ってしまったのだ。法的にもそのはずだから、裁判をすれば絶対に取れる。だが、彼女はそれをしなかった。

「しょせん、あぶく銭《ぜに》だからねえ。自分で稼《かせ》げるのが早くなるっていうのだけありがたがるよ。両親が生きてたら、相続を放棄してたかもしれないしね」

あっけらかんと言う彼女に、伊織は何も言えなかった。「自分で稼ぐ」という言葉も初めて意識したかもしれない。たった三歳しか違わないのに、この違いはなんなのだろ

う？

睦月は伊織の周囲の友人たちとは違っていたが、彼女に会う前にはそもそも友だちという存在も意識していなかったように思う。感じ良くしゃべるけれども、友だちというより知り合い程度のつきあいという自覚が共通する、けっこう似たような境遇同士の関係。

金持ちでも睦月のような地に足の着いた考え方をする人間もいるだろうが、伊織の周りにはいなかった。

似ていない人と仲良くなるという経験が初めてで、伊織は誰にも言わなかったが、いろいろと感情が揺さぶられるような経験をしていた。それは心躍ることでもあり、怖くもあった。

「お金は大切だよ。ないよりはあった方がいい。貧乏は精神を蝕《むしば》むよ」

睦月の言葉が実感できない伊織は、

「お金よりも大切なものだってあるだろ？」

と訊いてみる。

「そうだね」

これまたあっさり睦月は肯定する。

「それは何？」

「うーん、いろいろあるだろうけど……」

「俺自身は、お金で手に入るものしか持ってないと思うんだ。そうじゃないものはどうやったら手に入る？」

「おー、その物言いは人によってものすごく嫌味に聞こえるから、気をつけた方がいいよ」

それは実はわかっている。睦月がどんなふうに答えるか聞いてみたかったのだ。

「うん、わかった」

「じゃあ、生活力なんかは？」

「生活力？」

「ご飯を自分で作る。部屋の掃除をする。洗濯をして干してたたむ。ゴミの分別をして、きちんと捨てる、とか」

「……したことない」

今のマンションにも、週二回、ハウスキーパーが来てくれるので、何もしたことがなかった。お湯を沸《わ》かすことと電子レンジの使い方くらいしかわからない。

「最近は人に教わらなくても、ネットの動画で全部具体的にわかるんだよ！」

睦月はわかりやすく家事のやり方をレクチャーしている動画を、ネットで一緒に探してくれた。

次の日から、その動画をタブレットで見つつ、おそるおそる家事を始めた。最初は料理から――と思ったが、包丁もなかったので、まずは買い物からだった。それには睦月がつきあってくれた。

だいたい日用品や食材の買い物にさえスキルが必要だなんて、思ってもみなかった。そんなスキルなど必要ない、と言う人が自分の周りには多い気がする。ちゃんと聞いたことがないから、わからないけれど。

やってみると、できることもあり、うまくいかないこともある。掃除はけっこう楽しかった。部屋をきれいにするのは、いい気分転換だ。洗濯は、干すのが面倒なので乾燥機を使う。洗濯物をたたむのは割と面白《おもしろ》い。アイロンがけは難しい。料理はあまり好きになれなかった。食べられればなんでもいいとつい思ってしまって、めんどくささが先に立つ。自分には、整理整頓が割と性に合っているようだ。

だが――家事ができても、なんだかそれだけ、という感じが否めない。自分がやるか他人がやるかの違いでしかないように思えて仕方ない。こだわりも人に触《さわ》られることへの抵抗感もないから、ある意味、自分でやらなければならない理由も見つからないのだ。

ただ自分の生活の場を自分で整える、というのは、思ったよりも苦痛ではないというのはわかったし、睦月にほめてもらえるのが思いの外うれしかった。まだハウスキーパーに来てもらってはいるけれど、いつかは本当の一人暮らしもできるかもしれない。

つまりは、親がかりではない生活、ということだ。瑣末《さまつ》なことであるが、こんな広い部屋を一人で掃除するのは大変ではないか。自分だけで生活するのなら、そういうことも考えていろいろなものを選ばなくてはならないということだ。

「でも、それを親も期待してるんじゃないの？」

しかし、昔高校の同級生に言われた言葉も思い出す。

「自分の金を使ってこそ自分の子供と思えるんじゃないかって、うちの親を見ていると思うよ」

そう言った彼の顔はなんだか淋《さび》しそうだった。

何も期待しないように見えて、両親は伊織に何か期待しているのだろうか。

久しぶりに実家へ帰った。

高校時代に読んでいた本をこれから会う睦月に貸そうと思い、取りに来たのだ。最初は買って渡せばいい、と考えていたが、それらの本はすでに古本でしか手に入らなくなっており、ならば自分のを貸すというか、ずっと持っていてもらえばいいか、と思い直す。

自分の部屋でゴソゴソしていると、母が帰ってきたようで、話し声が聞こえた。秘書の誰かと一緒らしい。

仕事の指示を矢継ぎ早に出し、秘書が引き上げてから、伊織は顔を出した。部屋でひっそりしていれば、そのうち母も出かけたのだろうが、ずっと隠れているのも息苦しい。

「あら、帰ってたの？」

母が驚いたように言う。

「うん、ちょっと物を取りに」

「そうなの。元気？」

「元気だよ？」

「それはよかったわ」

いつものような味気ない会話を交わし、母は立ち上がった。

「じゃあ、行くわ。ちょっと書類を取りに来ただけだから」

「うん――」

そう答えた時、実家に帰ってから感じていた違和感が何か、ようやくわかった。

チョコが鳴いていないのだ。いつもなら、誰か来ると狂ったように鳴き続けるのに。

「母さん、チョコは？」

「チョコ？　その辺にいると思うわよ」

そう言われて見回すと、本当にその辺にいた。居間のすみのペットベッドの中で丸くなっていた。

いつものようにブルブル震えていたが、なんだか様子がおかしい。目を閉じて苦しそうに見える。

「チョコ、具合が悪いんじゃないの？」

「そう？　眠いだけなんじゃない？　最近ずっとベッドに入ってるのよね」

伊織が近づくと、顔を上げ、歯を剝きだした。低い唸《うな》り声も聞こえる。だが、いつもの元気はない。元気というか、やたら吠えまくるってことなのだが。

「じゃあ、会社に戻るから」

母は何事もなかったように出かけてしまった。家には伊織だけ。家政婦の仙波さんはもう帰っている。

「チョコ……？」

ほとんど呼びかけたこともなかったが、どうしても気になった。

「チョコ、具合悪いの？」

と手を出すと、ガウッと噛まれそうになった。びっくりして倒れそうになる。

だが彼は、それで力を使い切ったかのように、ベッドにぱたりと頭を落とした。息が明らかに荒いのがわかる。

こんな調子でずっとベッドに寝ていたのに、放っておいたのだろうか？

その時、伊織の携帯電話が鳴った。睦月からの着信だ。

「ごめん、今日ちょっとバイトが臨時に入っちゃって」

働かなくても大丈夫なのに、睦月は週に何日か知り合いの飲食店を手伝っていた。

「わかった。あの……」

「何？」

「えーと睦月さん、犬飼ったことある？」

「犬？　超昔にあるよ。子供の頃、両親と暮らしてた頃に」

うわっ、なんかそれ、地雷だっただろうか。

「それがどうかした？」

ちょっと迷ったが、

「あの……うちの実家の犬の具合が悪そうなんだけど……どうしたらいいかな？」

とたずねた。

「それは動物病院に連れていくしかないよ」

「そう——だよね。それしかないよね」

当たり前のことだった……。

「ごめんね、電車が来ちゃった！」

「あ、うん——」

電話が切れた。

これは……なんとかして動物病院に連れていくしかない。

「えーとえーと……そうだ、キャリー？　だっけ？　なんかバッグみたいなものに入れていくんだよな？」

そんなもの、どこにあるんだ……。

納戸《なんど》部屋を探してみたが、見当たらない。

小さいし、タオルにくるめばいいかな、と思い、バスタオルを用意して抱き上げようとしたが、ものすごい勢いで鳴かれた。歯を剝きだして、口から泡を飛ばして。

具合が悪いのならぐったりしていればいいのに……それなら、伊織にも運べそう。だがそれはそれでもうダメかもしれないし……。

縁起でもないことは考えない！

動けないというか、歩けないようだ。犬に慣れていれば充分対処できるのだろうが、伊織は犬があまり得意ではないので、情けないことに少し怖かった。

もう一度睦月に相談しようかと思ったが、それはちょっとかっこ悪すぎるので、ネットを頼ることにする。母のパソコンがつけっぱなしでテーブルに置いてあった。

『小型犬　病院　運ぶ』と検索。

「『暴《あば》れる猫や小型犬は、洗濯用のネットに入れてからキャリーに入れましょう』——

って、洗濯用のネット？」

今調べているものではないことぐらいはわかる。いや、洗濯したことあるからどんなものかもわかるので、洗濯室へ行ってみるが——きれいに整頓された室内のどこに洗濯ネットがあるのか、さっぱりわからない。

いや、探すよりも買ってきた方が早いだろう。でも……留守にしている間に、チョコが死んでしまったらどうしよう。

伊織はパニックになりそうになる。「冷静になれ」と自分に言い聞かせ、もっといい情報はないかと検索しまくる。

「あっ！」

これだ！　往診してくれる獣医！

検索リストの最初にあった動物病院へ、すぐ電話をかけてみる。

「はい、山崎動物病院です」

柔らかく落ち着いた中年男性の声が聞こえてきた。

「あのっ、往診ってしていただけるんでしょうか？」

「はい。承《うけたまわ》っております。どちらにお住まいですか？」

伊織はあわてて自分のマンションの住所を言ってしまって、

「そこだと予約していただき、後日うかがうということになりますが」

と言われてますますパニックになってしまう。

「あっ、違います！　ここは実家だったっけ！」

すっかり忘れていた。あわてて正しい住所を言う。

「それなら、今うかがえますよ」

そう言われて、ようやく息がつけた気がした。こっちのテンパリ具合がまったくあちらに移らなかったのも多分よかったのだろう。飼い主のパニックなんて慣れているんだろうな。

「車なんですが、駐車スペースはありますか？　なければ近所のコインパークを使いますが」

「玄関前に車寄せがあるので、そこか庭に停《と》めてください」

そうか。往診なんだから車だよな。

電話を切って、伊織は大きなため息をついた。

「チョコ、これからお医者さんが来るって」

グルルル、と敵意丸出しのうめき声しか返ってこなかったが、チョコの息は荒かった。というか、犬が普段どのくらいの息遣いなのかもわかっていなかったが。

あっ、門を開けておかないと！　直接玄関に来られるようにしておかなければ！　伊織は外に飛び出した。


十五分くらいで玄関専用のチャイムが鳴った。

「すみません、山崎動物病院ですが」

白衣を来た若い男性がモニターに映っている。

「はい、どうぞ」

あわてて玄関に駆け寄ってドアを開けると、若い男性は少し離れたところで上を向いて立っていた。車寄せには病院名の書かれた白いワンボックスカーが置いてある。

「お待たせしました。山崎動物病院の山崎ぶたぶたです」

そして、さっき聞いたのとよく似た声は、伊織の足元から聞こえた。

無意識に下を向くと、そこには緑色の服を着た薄いピンク色のぶたのぬいぐるみがあった。

大きさはバレーボールくらいで、突き出た鼻、右側がそっくり返った大きな耳、黒ビーズの点目——。手足の先の濃いピンク色の布にひづめ感（？）があふれる。

「結川さんのお宅ですね？　結川伊織さん？」

鼻がもくもくっと動いたと思ったら、そんなことを言われた。

「は、はい？」

いきなり名前を呼ばれてビビる。なぜこのぬいぐるみが自分の名前を知っている？

「チョコちゃんですよね？　具合は変わりませんか？」

嘘……これが獣医？　冗談だろ？

「いたずら？」

顔を上げて、若い男をにらむ。

「いたずらじゃないですよ！」

ぼんやり玄関ホールをのぞきこんでいた男が、あわてて叫ぶ。声が違う。

「うちの院長の山崎ぶたぶたです！　わたしは出口と申します」

出口と名乗った若い男に操られているとしか思えないぬいぐるみがトコトコとこっちに近寄ってきた。

うわ、よくできたロボットだな、と最初に思う。動きがとても滑《なめ》らかだ。

はっ、そんなのに感心している場合じゃないっ、変な人を入れるわけにはいかないのだ！

「そのぬいぐるみを持って、帰ってください！」

「いえ、ほんとに獣医ですよ、わたし！」

ぬいぐるみが大きな声を出す。拡声器《かくせいき》でも仕込んでるのかという勢いで。

「あっ！」

若い男が叫んだ。伊織も、背後からキュンキュン鳴く声が聞こえてきたのに気づいた。

「チョコ！」

玄関ホールから続く廊下を、チョコが這《は》いずっていた。前足だけで。後ろ足はだらりとしていた。なんで？　さっきは動けなかったのに。

もしかして、逃げようとした……？

呆然《ぼうぜん》としていると、ぬいぐるみが動いた。チョコのそばに駆け寄って声をかけた。

「どうした？　後ろ足、変なのか」

チョコはぬいぐるみに目を向けると、動きを止めた。耳をピンと立て、興味深そうな目をしている。

見つめ合う二つの生き物（？）は、ほぼ同じ大きさだった。

「よしよし」

どう見ても布の手先を突き出されると、チョコはふんふんとかなり長い間匂いを嗅ぎ、やがてしっぽを振った。今まで——この家に来てから、伊織に対して一度もしっぽを振ったことがないというのに！

「どのくらい前からこういう状況なんですか？」

冷静な声がぬいぐるみから発せられる。

「あの……くわしい状況はよくわからないんです。具合が悪そうっていうのしか」

それに対して、伊織はアワアワと答えるしかなかった。這いずってきたチョコの様子があまりにも哀れだったからだ。

「あなたは飼い主さんではないんですか？」

「ここは俺の実家で、チョコは母の犬なんです。母はさっき出かけたんですが、最近寝てばっかりだって言ってました。俺が来るとずっと鳴きっぱなしになるのに、今日は全然鳴かないから変だなと思って、電話したんですが……」

ぶたぶたはチョコに優しい声をかけながら、身体を触り、調べた。立たせようとしても、やはりそのままへたりこんでしまう。

「後ろ足に力が入ってないですね」

チョコはキュンキュン悲しそうな鳴き声をあげた。ぶたぶたが頭を撫でると、治《おさ》まる。ぬいぐるみに癒《い》やされているのか、獣医としてのなだめ方のうまさなのか、伊織には全然わからなかった。でも、自分の言うことをまったくきかないチョコをたちまち手なずけたことは確かだ。

「痛いんでしょうか……?」

思わず敬語で普通にたずねる。

「うーん、痛いというより、マヒしてるのかもしれませんね。足か腰に問題があるのかもしれません。他は特に問題なさそうですけど——レントゲンを撮らないとくわしいことはわかりませんね」

ぶたぶたは目間にシワを寄せながら、ゆっくり答える。

「え、じゃあ……」

「病院に連れていくことになるんですが、それでもいいですか? うちの本院になりますが」

「あ、はい。それはもちろんです」

自分で連れていけなかったから往診を頼んだんだし、思ったよりも悪そうならばちゃんと診《み》てもらわねば。治療を受けるチョコが安心しているのならば、このぬいぐるみにまかせた方がいいのかもしれない。

「じゃあ、ちょっとキャリーをお借りして——」

「す、すみません……。キャリーがどこにあるか見つからなくて」

あっ、言っててちょっと恥ずかしくなってきた。金はあるんだ金はっ！　でも、ほんとにキャリーが見つからないだけで、タカろうとしてるんじゃないんだよ！

「そうですか。じゃあ、車から持ってきますね」

出口がさっそく取りに戻る。

なんとなく気まずい雰囲気が漂《ただよ》うのは気のせいか。

「お母さんに事情をお聞きしないといけませんね」

「そうですね……電話してみます」

しかし、出ない。予想通り。急いで、

チョコを獣医さんに診てもらったら、母さんに聞きたいことがあるって言ってた。電話して。

とメールを送っておく。

「あとで連絡が来ると思います」

「そうですか」

ぶたぶたはそう言って、チョコの背中を撫でる。しっぽがうれしそうにパタパタと動いた。甘えたような、しかし悲しそうな声で鳴く。

別に自分は飼い主じゃないからいいが、母に対してもこんなふうになっているところを見たことがない。いつもなんだか不満そうな顔をしているチョコしか知らない。

犬の表情の印象が人間と等しいとまでは思わないけれども、険《けわ》しい顔つきが少し和《やわ》らいでいるようにも見える。ぬいぐるみをボロボロにしたりするチョコなのに、ぶたぶたには食いつかないし。

ちょっと複雑な気持ちになる。

「持ってきました」

「ありがとう」

ぶたぶたは、警戒する隙《すき》も与えずにチョコをキャリーに入れる。そうか。このぬいぐるみは、人間ではないけれど、プロではあるらしい。ビクビク触っていた伊織とは全然違う。

「じゃあ、行きましょうか」


ぶたぶたの車である大きめなワンボックスカーの後部座席には荷物がいっぱいだったが、かろうじて座れるスペースはあった。

チョコの入ったキャリーを膝に乗せて、席に座る。キャリーの重さがどのくらいだかわからないが、とても軽いと感じた。まだ一歳半だが、これ以上は大きくはならないだろう。

「すみませんね、散らかっていて」

「いえ、こちらこそすみません」

「病院では別の先生が診ることになりますけど、それはよろしいですか？」

「あ、それはもう、かまいません」

ちょっと残念だったが、彼は往診担当の獣医なのだし、他の家へ行かなくてはならないのだろう。

ぶたぶたと出口は、伊織とチョコを本院の前で降ろして、次の往診先へ向かった。すでに連絡を受けていたスタッフが出迎えてくれた。

山崎動物病院の本院は、小さなたたずまいだが清潔でスタッフもたくさんいて、そしてとても混んでいた。待合室には犬や猫の他、ウサギやフェレットやインコなどがいた。

壁のお知らせを見ると、人間の総合病院のように、鳥は何曜日、爬虫類《はちゅうるい》は何曜日と割り振られていた。スタッフは若く、みんな明るい。

少し待たされてから、診察室に入る。この獣医さんも若かったが、出口よりは年上のようだ。

ぶたぶたほどではないが、チョコの態度はしおらしい。初対面なのに、うなったりしない。撫でられるとピスピス鼻を鳴らし、時折甘えるような鳴き声を弱々しくあげた。

なんだろうか、この違い。

ぶたぶたもしたような問診があり、その後検査になった。診察室の奥行きは思ったよりも広く、入院設備等もきちんと整っているようだ。

足はレントゲンを撮ってもらうことになる。

「押さえられますか？」

と言われたが、伊織が触るとチョコが暴れたので、結局看護師さんにやってもらった。

情けない、とまた思う。

血液検査の結果もすぐに出た。早い。最近はこんな感じなんだろうか？　最近も何も、獣医は初めてだし、人間の医者にもしばらくかかっていないけれど。

「うーん、外傷はないですし、何か重い物で圧迫されたとか、そういうことはありませんでした？」

レントゲン写真を見ながら、先生が言う。

「あ、えーと……この犬は実家にいるので、俺はよく知らないんですが」

「そうなんですか？　飼い主さんではないんですね？」

「そうです。たまたま実家にいて、様子がおかしいので往診の電話をしたんですが……」

「そうですか。飼い主はお父さんですか？　それともお母さん？」

「母です」

「ではあとでお母さんにもお話を聞きましょう」

あとで——いつになるのか。

「股関節《こかんせつ》形成不全がありますが、それだとここまでマヒしないと思うんですよね。飼い主さんのお話も含めて原因については明日、院長の診察日ですので、そこで判断してもらいますか？」

「院長って——」

「ぶたぶた先生です」

ごく普通にその名前が呼ばれて、ちょっとあたりを見回してしまう。誰も伊織のような反応はしていない。

「あ、はい。お願いします」

もう躊躇《ちゅうちょ》してもしょうがない気分だ。

「股関節形成不全は手術することになるかもしれませんので、飼い主さんには明日来ていただけるよう、お伝えください」

手術か……。自分の犬なら迷わずそうしてもらうだろうが、母の犬だし。

「はい、母に伝えます」

「そうですか。じゃあ、今日はもうチョコちゃんとお帰りになってかまいませんよ」

「……え？」

連れてこられないから往診を頼んだのに、連れて帰れとは無体《むたい》な。

「あの、実は犬が苦手なんですが……」

「あ、そうなんですか？」

特に驚いた様子はなかった。まあ、怪我《けが》した捨て犬がいたら、あまり好きじゃなくても連れてくるような人も——いるかな？　だいたい捨て犬自体、あるのかな？　捨て猫ってよく聞くけど……。

「面倒見られるご家族とかは、他にいらっしゃいますか？」

「ちょっと電話して訊いてみます……」

外に出て母に電話をすると、一応出てくれたが、

「何もできないわよ。今日はこれから出張なの」

とバッサリ。

「じゃあ、チョコをどうしたらいいんだよ？」

よ？」

「そうじゃなきゃ、入院させておけばいいわよ。なんとか不全？　病気だったんでし

「ええっ、何言ってんの!?」

「預かっといて」

病気なのかな……？

「帰っていいって言われたんだぞ」

「ペットホテルみたいに預かってくれるところもあるわよ。いつも行ってるところはそのはずだもん。仙波さんの電話番号教えるから、病院の場所訊いて、そっちに連れてけばいいじゃない」

母は教えてくれないのか、それとも知らないのかどっちだ？

「……いつチョコを迎えに来るの？」

「出張、ちょっと長いのよね、海外だから」

「帰りのハワイをやめれば早く帰れるだろう？」

「何言ってんの、ハワイも仕事に決まってるでしょう？」

他のスタッフは先に帰ってくるのを知ってるぞ。遊んでいると思うのだ。しかしそれ

を追及しているヒマはない。

「仙波さんは？」

「出張が長いから、帰る頃まで来なくていいって言っちゃったわ」

そうだった。いつもそうなのだ。

「明日は来る予定だから、その時チョコを預けに行ってくれるはずだったけど」

「親父は？」

「さあ？　連絡してみたら？　あ、そろそろ電源切らないとだから」

ブツッと母は無情にも電話を切ってしまう。

直後にメールが来て、仙波さんの電話番号がわかるが、かけてもつながらなかった。電源が切られている。もう仕事は終わっているんだから、仕方ないか……。

なんともいえない嫌な気分になった。そりゃチョコは単なる犬だけれど……あまり好きではない伊織ですら、病気ではかわいそうと思うのに。

父にも電話したが、つながらなかった。会社への電話では秘書が出て、「会議中で出られない」とのこと。このあとは、テレビ出演があるとかなんとか言っていた。

どっちにしろ、父は実家にはほとんど帰ってこない。会社近くのマンションに住んでいるのだ。

もう一度、病院に相談するしかない。

「実家に人がいないんです。俺の家に連れて帰るにしても、犬のためのものは何もないんですけど」

ペット可の物件ではあるが。

「とりあえず引き取る用意をして、明日にでもまた来ます。一晩入院させてもらってもいいでしょうか？」

仙波さんに連絡して、いつもの病院で母の出張が終わるまで預かってもらえば楽なのかもしれないが、病気の時にほったらかされる淋しさを伊織はよく知っていた。だから、とりあえずだけれど、自分で引き取ろうと思った。

「いいですよ」

受付の人にそう言ってもらえて、ホッとする。よかった。そうだ、実家からベッドとか持ってきてもいいかも——いや、どこに何があるかわからなかったな……どうしよう。

「犬のためには何が必要なんでしょうか？」

「慣れていないのなら、ケージを使った方がいいかもしれませんね。小さい子ですし、置けるスペースがあるなら」

それは充分ある。

他にもいろいろリストアップしてもらった。帰りに買いに行かなくては。

診察代は——高いのか安いのか、さっぱりわからない。言われるままに払うしかない。

チョコは檻の中で眠っているようだった。名前を呼んでも、ピクリとも動かない。

「少し興奮してたみたいですが、落ち着いたみたいですね」

レントゲン撮影の時にチョコを押さえてくれた看護師の若い女性が言う。

「撫でてあげてください」

言われるまま、おっかなびっくり触る。いつものようにブルブル震えだして、ビクッと手を離してしまう。

人間の手が怖いのかもしれない。母はいったい、どんなふうにチョコを扱っているのか。

リストを見ながら、ホームセンターへ行く。

子犬用のケージ、ペットベッドにキャリー、トイレシーツ、水やエサ用の皿、そしてもちろんエサなのだが――何が好きかわからないので、とにかく何種類も買う。実家の台所あたりを探せばエサは見つかるだろうが、もう帰る気がしなかった。おもちゃもいくつか買う。

触れもしない犬のためにどうしてこんなに買物をしているのか、と思うが、自分がなんとかしなければ誰もチョコの世話はしないのだ。

大荷物になったので、明日の午前中に届けてもらうことにして、いったん自分の家に戻る。

とりあえず掃除をした。犬に噛まれたり壊されたりしたら困るものをしまう。

しかしそれを始めたら、ものすべて際限なく気になって、徹底的に掃除をしなければいけないのか！　とこっちがパニックになりそうだった。

その時、睦月からメールが。

犬の件はどうなったの？　気になってメールしました。

メールではなく電話をしてしまう。睦月は家に帰っているようだ。

「どこをどう片づけたらいいかわからない！」

と混乱してまくしたてる伊織に、

「落ち着いて。結川くんのうちにはきっと、使ってない部屋があるでしょ？」

「あるよ。そこに片づけたものを入れてるんだけど――」

「家具とかあるの？」

「ううん、何もない。カーテンがかかってるだけだよ」

「じゃあ、そこを犬の部屋にするのよ」

「え？」

「買ってきた犬のケージとかはそこに置いて、とりあえず他の部屋には行かせないようにしておくの。預かってる間はそこで生活させればいいんだよ。容態《ようだい》が気になるようなら、結川くんがその部屋で寝ればいいんだし」

あー、なるほど。

自分は当然犬を家の中で放し飼いにしなくてはいけないと思っていた。大きな犬ならばそうしないといけないのかもしれないが、チョコはほとんど猫と変わらない大きさだから、あの部屋ならば充分だろう。

「ありがとう、そうしてみる」

「どこの病院に行ったの？」

「往診してくれるとこに頼んで、そのあと検査するんでそこの本院に行ったんだ」

「あれ？　もしかして山崎動物病院？」

「えっ、知ってるの？」

「バイト先の近くだよ。評判いいよね、あそこ」

なんと、世間は狭い。というか、本院の場所も割と近所ではあったのだ。交通の便が悪いだけで、直線距離は近い。

「ぶたぶた先生でしょ、往診って」

「……えーっと、ぬ、ぬいぐるみ？　ってことも知ってるの？」

「もちろん。それがあそこの売りみたいなものだもん」

なるほど。なんだかよくわからないけど、納得した。そうか、売りなのか……。かわいいマスコットとかゆるキャラではなく、ちゃんと働いていたみたいだけど。

初めて見た時にびっくりしたか訊きたかったが、話し始めたら長くなりそうだったから、我慢した。

睦月にもう一度お礼を言って電話を切ると、さっそく納《おさ》めた荷物をまた部屋から出す。ついでにいらないものを選別したら、ほとんどそうだった。大切なものだと思ってしまったのに……。

ガランとした部屋は、今まで本当に何にも使っていなかった。少し窓は小さいが、決して日当たりが悪いわけではない。でも結局、一人で暮らしていると寝室と居間くらいしか使わないのだ。

思ったよりも片づけが簡単にすんでホッとした伊織は、そのまま風呂に入り寝てしまった。勉強はどうした、と自己ツッコミをしたが、なんだかとても眠かったから。

眠いと思って、夜ちゃんと寝るのは久しぶりな気がした。

次の日、新しいペットキャリーを持って、山崎動物病院へ行った。

名前を呼ばれて診察室に入っていくと、ぶたぶたは診察台の上に立っていた。にこやか（に見える）な点目で迎えてくれる。

「おはようございます」

「おはようございます。昨日はありがとうございました」

診察台の上でへたりこんでいたチョコは伊織の姿を見たとたん、キャンキャン吠え始めた。

「ずいぶん元気になったみたいですね……」

凄《すさ》まじい鳴き声の中、ぶたぶたに言う。

「そうなんですけどね……。あ、今日は飼い主さんは？　お母さんでしたっけ」

「母はやっぱり仕事の都合で来られないそうなので、俺が代わりに来ました」

「そうですか。じゃあ説明しましょう」

ぶたぶたがチョコを後ろから支えて立ち上がらせようとするが、すぐにへたりこんでしまう。二匹（？）は大きさがほとんど一緒で、ぬいぐるみとはいえ色がけっこうリアルなので、遠目にはまるで子ぶたが犬を必死に支えているように見える。

微笑《ほほえ》ましくてかわいい絵本のような風景だ。まったくシチュエーションは違うけど。

「やはり後ろ足が立たないですね」

伊織も支えてみようと思ったが、チョコが許してくれない。とたんにウーウー唸る。

ぶたぶたをよほど信頼しているらしい。

「股関節形成不全は、おそらく先天性のものです。遺伝でよく起こります」

昨日の先生と同じようにレントゲン写真を見ながら股関節の説明を受ける。とても丁寧だ。

「それで歩けないんですか？」

「いえ、歩けないのは後ろ足のマヒのせいです。おそらく、痛みもあるでしょう」

「それの原因が股関節形成不全ってことですか？」

「うーん……」

診察台の上で、ぶたぶたが腕を組んでうなる。目の上にシワが刻まれる。すごく悩んでいるように見える。

「股関節を手術したあと、リハビリをすれば歩けるようになるとは思いますが……。お母さん、来られないにしてもお話はできましたか？」

「今海外にいて、連絡ついても話がまともにできなくて……」

昨日から何度かかけているが、つながってもめんどくさがってすぐ切られてしまうのだ。メールもよこさないし。

「散歩はどのくらいの頻度でしていたかわかりますか？」

「散歩はしてなかったみたいです。昼間、庭に放し飼いしてたみたいで」

サンルームの一部に犬用のドアをつけて、出入り自由にしていたのだ。家の塀や仕切り戸の背が高いので、中庭から逃げ出したことはない。

「庭に出ていたってことは、運動はちゃんとしていたってことですね？」

「そうかもしれませんけど、見ている人はいないので……」

仙波さんならもっとくわしくわかるかもしれないが、電話をしてもやはりつながらなかった。

チョコは基本ほったらかしにされていたのだ。エサを充分に食べ、広い庭で自由に遊べたが、相手にしてくれる人間も犬の友だちもいない。

犬の生活として、そういうのはどうなんだろう。

飢《う》えるよりはマシかもしれないし、幸せか不幸かは犬でないからわからない。でも、咎《とが》めるように自分を見るチョコの視線が痛かった。

「うーん、やはりマヒは股関節形成不全から来てるようですね。今までと違ってお尻を振ったりして変なふうに歩いているとか、長い距離を歩けないとか、気づきませんでしたか——って、お母さんじゃないとわかりませんよね」

「はい……」

と答えたものの、母もわからないかもしれない。

「お母さんは何か対策はなさってたんですか？」

「いえ……わかりません」

何、どういうこと？

「え、ヤバいんですか、チョコ？」

「あ、いえ股関節形成不全自体は手術すれば治ると思いますけど、小型犬でマヒまでしているってことは……放置していたのかなって」

ちょっとめまいがした。

小学生の頃、熱を出した伊織を置いて三日間家をあけた母のことを思い出す。もちろん、家政婦さんはいた。看病もしてくれたし、病院にも連れてってくれた。一人ではなかったのだから、大したことではないかもしれない。

でも自分は、熱に浮かされながら母に、

「行かないで」

と言ったのだ。でも、それに対する母の返事は、

「忙しいのよ」

だった。

自分の小さい頃がフラッシュバックして、伊織は強い怒りを覚えた。

「手術してもらえますか？」

「はい？」

「その、股関節形成不全の手術をしてもらえますか？　手術の費用は自分が出します。ていうか、今からチョコの飼い主は俺でいいです」

初めて金の心配をしなくてもいい身分でよかった、と思えた。それもまた親の金ではあるけれど、どうせ使うならちゃんと使ってやる。犬も子供も同じに扱いやがって、ちくしょう。

ぶたぶたは驚いたような顔になった。それを見て、ちょっと怒りが和らいだ。大きさの変わらない点目に、笑いすら湧《わ》いてくるようだ。

「じゃ、じゃあ、入院ということになりますが……」

伊織に気圧《けお》されたのか、ぶたぶたの声が少し裏返った。

「どのくらいなんですか？」

「二週間ほどですかね。そのあとはリハビリです。小さい子なので、お風呂でもできますよ」

その日のうちにチョコは入院して、後日手術を受けることになった。

治療費も入院費も前払いして病院を出てから、我に返る。犬が苦手なのに、どうしてあんなこと……。

でもあの場合は仕方ないじゃないか……。やらないでいたら、罪悪感が残る。それにしても手術して治るものでよかった……。

そんなことをくり返し思いながら、伊織は商店街をずんずん歩いた。

とにかく、母にはもうまかせておけない。今まで気づかなかった自分もおかしかったのかもしれない。

あっ、なんか気が高ぶっていたから、帰り際にチョコの様子を見るのを忘れていた！

あわてて戻ろうと踵《きびす》を返したところで、電話が鳴った。

母だ。やっと電話する気になったのか？

「もしもし」

「伊織？　チョコどうしたの？」

やっと心配する気になったのか……。

「チョコは入院したよ。手術すれば治るって」

「何言ってるの？　手術なんかしなくていいわよ！」

母は突然叫んだ。耳を疑う。

「友だちに聞いたのよ。何？　股関節形成不全？　って病気、遺伝のせいだっていうじゃない。そんな犬、不良品を売ったペットショップに返してきてよ！」

——何言ってんの？　そう言いたくても口が動かない。そして、頭の中に、なぜか「無理！」という声が響き渡った。

無理、無理無理無理無理！　こんな人間、俺には理解できない。さっきまで母親と思っていたなんて、信じられない。

「新しいチワワと取り替えてもらいなさい！」

「それは自分でやれや」

ものすごく冷静な声が出た。

「何？」

「じゃあもうチョコはあんたのものじゃないから、俺がもらう」

「違うのよ、取り替えてもらうの、新しい犬と」

「そんなの、俺は知らん」

「伊織!?」

もう声も聞きたくなくて、すぐに電話を切り、電源も落とした。

はあーっとため息をつく。う、なんか気持ち悪くなってきた。

道端に座り込むと、

「ゆ、結川くん……？」

おそるおそる声がかかった。

顔を上げると、睦月がいた。

「あ、睦月さん……。なんでここに？」

「バイトの帰りなの……」

「ここら辺だったの？」

そういえば、そんなことも聞いたな……。

「うん……」

微妙な表情。電話を聞かれていたか？　でも、怒鳴り散らしてはいないはず。

「顔色よくないよ……」

あ、そっちを心配してくれていたのか。

「ありがとう。でも大丈夫だよ」

睦月は、動かない伊織の脇に座り込んだ。

「みんな見てるけど」

前を通る人が、こっちをジロジロ見る。

「電話、聞いてた？」

「……うん。声かけようと思って後ろにいたの。ごめんね。でも、何話してるかわからなかったよ」

「犬がね、入院したんだよ……」

「チョコちゃん？」

「うん……」

伊織は今までの経緯を睦月に話した。今さっき聞いた母の言葉まで。

「そうかー……。けど、チョコちゃんには結川くんがいてよかったね」

何も言わずに聞いてくれていた睦月は、最後にぽつりとそう言った。

あーもう。

伊織は頭を抱えた。なんでこうなんだろうか、俺は。自分の子供の頃より、彼女の方が大変だったのに。でも、そんなこと言えない。うまく言う自信もない。

「あ、なんか考えすぎてる！」

睦月が言う。

「結川くんは、いい子だね」

いい子いい子と頭を撫でられる。男の威厳《いげん》、まるでなし。

「あんまり考えすぎない方がいいよ」

「今まで考えなかったから、考えすぎるんだよ」

あはは、と睦月は笑う。

「そんなことないよ。ずっとちゃんと考えてたから、チョコちゃんだって引き取ろうと思ったんだよ」

そうかなあ……。圧倒的に経験値が少ないから、うまく考えられないだけな気がする。

「あれ、君たち何してるの!?」

突然、声がかかった。顔を上げると、ぶたぶたが。すると睦月が立ち上がった。

「あ、こんにちは、ぶたぶた先生」

「えっ⁉」

「知っている」とは言っていたが、挨拶をしあう仲とは思わなかった。

「そう。バイト先によく来てくれるの」

睦月は知り合いのダイニングバーを手伝っているそうだが、

「お昼、食べに行きたいなあ〜」

と、ぶたぶたが言うくらい、とてもおいしい店らしい。

「来てくださいよ」

「ダメだよ、時間ないからコンビニにおにぎりを買いに行くの」

しょぼんとしているのが、なんだかおかしい。

「睦月ちゃんは今日は休み？」

「仕入れと仕込みのお手伝いなんで、午前中だけです」

「そうなんだ。今日の日替わりは何？」

「肉巻きです」

「ああー、いいなあ……。じゃあ、行ってくるね。結川さん、あとでまた連絡します」

「あ、はい」

ぶたぶたの背中には、哀愁《あいしゅう》が漂っていた。肉巻き――なんだか響きからして魅力的だが、今はあまりものを食べたくない。チョコの手術のことや母親のことを考えると、食欲がなくなるのだ。

「手術、いつなの？」

「今、調整中だって。でも、多分あさって」

手術をするのはぶたぶたなのか？　ちょっとのぞいてみたいけど……人間の手術のように立ち会えるのだろうか。いやいやいや――立ち会えたとしても、ちょっと……。

待てよ、よく考えたら俺、家で犬まだ飼ってないじゃん！　そんないろいろなことへの心の準備など、できそうにない。

「そっか……」

「睦月さんも昔、犬飼ってたんでしょ？」

はっ、また！

「あのさあ、そんなに気をつかわなくてもいいからね」

顔から何か読み取られたのか、あきれたように睦月が言う。

「ダメな時はダメって言うから」

「……うん」

そういうこと言ってくれる人ばっかりじゃないと思うけど……とりあえず、睦月には言いたいことをなるべく言うようにしよう。

「昔、まだ両親が生きてる頃に子犬を拾ったんだー」

とても楽しそうに話しだす。

「でもうち、アパートだったから飼えなくて。けど大家さんが『里親見つかるまでいいよ』って言ってくれたから、一ヶ月くらいうちにいたの。かわいかったなあ。お父さんとお母さんと一緒に引き取ってくれる人探してね、楽しかったなあ」

いいな、そんな思い出があって。

伊織は心の中でつぶやいた。これは言うべきことなのか？　さっき、なるべく正直になろうと思ったのに、あまり言いたくないと思う。

その時、自分の心がちょっとだけ見えた気がした。

世の中には、ほんの少ししかなくても心満たされるものがあるんだな。それを自分は持っていなくて、睦月は持っている。

「それは……いい思い出だね」

伊織は、「持てなかったものへの羨望《せんぼう》」を振り払い、奥底のシンプルな思いだけを言ってみた。

「そうでしょ？」

睦月はにっこり笑う。コツがわかったかも。

「君たち、まだいたの⁉」

またまたぶたぶたの声がした。そっちに振り返って思わず爆笑する。ぶたぶたは、コンビニのビニールを背中にしょっていた。首で紐《ひも》を結んでいるおにぎりの入った袋は、まるで泥棒の風呂敷包みのようにふくらんでいる。首が引っ張られてるというか、完全に絞まってるけど、大丈夫なの⁉

「どんだけ食べるんですか、ぶたぶた先生！」

「スタッフの分も買ってきたんだよ。今日はお昼の当番だから」

……確か院長先生だったたと思うが。

「それより、ずっとここにいていいの？」

「あっ、そうだ、予備校だ！」

「あ、お、俺も行く……！」

笑いすぎて苦しい。さっきまでの気分の悪さがなくなっていた。

「いってらっしゃい」

ぶたぶたが手を振ってくれる。おっとっととバランスを崩して倒れそうになるのを見て、また笑った。涙が出るほど。

「そうか……」

これからだって、こんなふうな心満たされる思い出を持てると思う方が、大事なんだ。今日こんなに笑ったことは、きっとずっと憶えている。

「何？」

「ううん、何でもない」

せっかくいい気分になったから、とりあえず母のことはほっとこう。自分でどうこうできるものではない。母は母、伊織は伊織なんだから。


チョコの手術は滞《とどこお》りなく終わった。

立会はできなかった。前はできたらしいのだが、スタッフ曰《いわ》く、

「見たがる人が増えちゃって」

とのこと。わかる。それはわかる。

手術には立ち会えなかったが、そのかわり毎日チョコの様子を見に行った。最初のうちはいつものようにキャンキャン威嚇《いかく》して吠えまくっていたが、最近ようやく鳴かなくなった。しかし、ぶたぶたや他のスタッフにはしっぽを振るくせに、伊織への反応は限りなく薄い。飼い主としてではなく、「毎日来るから相手してやるか」くらいしか思ってなさそう。

まあ、厳密には飼い主とはまだ言えないんだけれども。

二週間後、チョコの退院の日が来た。術後の経過は順調だ。

「これからはリハビリですね」

マヒはまだ残っているが、股関節が正常になったので足に筋肉をつければ、ちゃんと歩けるようになるとぶたぶたは言う。

家でのリハビリ方法も教えてもらった。風呂で身体を支えて犬かきをさせればいいらしい。往診の予約も入れた。

何しろチョコにとっては環境が変わるわけだし、その時になってやっぱりキャリーに入れられないとなったら困る。

というのは本音でもあり、建前でもある。もう一つの本音としては、ぶたぶたに会いたいから。

でもみんなそう思うみたいで、院長診察日はものすごく混むし、往診の予約もいっぱいらしい。

往診は車移動だし、状況もペットによって変わるので、時間にかなり余裕を持たせているそうなのだ。だから、けっこう空《あ》き時間ができたりする。最初の時は、ここに偶然にも当たったのだ。ラッキーだった。

母とはあれから話していない。電話もかかってこない。けっこうあっさりしていて、ちょっと拍子抜けだ。

そろそろ出張から帰ってくる頃だろう。

仙波さんには、電話して事情を話しておいた。

「いないので、奥様がお医者に連れていったとばかり」

戸惑っていたが、チョコの様子を知って、ホッとしているようだった。

「今までそういうの、あの人やったことありました？」

「いえ……ございませんね」

やっぱり。

話を聞くと、チョコのマヒは一ヶ月ほど前からひどくなったという。

「それでも庭には出てたんですけど、この一週間くらいはほとんどベッドから出なくて。どちらにしても出張で病院に預けるので、その時診てもらえばいいって奥様が」

仙波さんは責められない。いつもの獣医に診てもらえる予定ではあったのだから。

でも、その後の展開は違っていただろう。伊織が関わらなければ、手術は受けられなかったかもしれないし、本当にペットショップに返されて、健康な子犬と取り替えられていたかもしれない。普通はそんなこと無理だが、母の本気のゴリ押しは知っているから、ありえないことではない。

冷たい親だとわかっていたつもりだが、あんなことを言う人とは思わなかった。思い出すと別のショックが浮かんでくる。自分がまだ、彼女に対して母親としての期待を抱いている証拠だ。伊織の中では、父のいない家庭――母子二人で暮らしていたというものになってしまっているかもしれない。

「でも、それはしょうがないよ。だって母親なんだもん」

睦月が言う。彼女は今日、チョコの退院につきあってくれた。予備校帰りの伊織と一緒に見舞いに来ているうちに、チョコはすっかり彼女になついてしまった。

おそらくチョコは伊織に対して、「前の飼い主の身内」ということは認識しているだろう。同じ扱いをされるのでは、という警戒があるのかもしれない。「こいつよりも、新しく出会う人たちの方がよさそう」と思っていそうだ。

「殴られたって親には期待するって言うよ」

「そうなのか……」

殴られるほどの接触もないというのがまた、違う意味での虐待といえる。

今更期待はしたくないと思っていても、ずっと気づかないまま大きくなった身としては習慣のようなものから抜け出すのは難しいかもしれない……。

「どうやって接していけばいいのかわからないんだよね」

いっそ大学に行くのをやめて、働いた方がいいのかもしれない。成人すれば保護者ではなくなるのだし。

でもそれで今まで親に甘えていた分を帳消しにできるわけではないし……。

と、また過去にばかり目を向けてしまう。考えすぎて眠れなくなる時もある。

いろいろ不安なのだ。なんだろう、この焦燥感。今まで無視してきたことへのツケ？

睦月と話していると、その不安が少し紛《まぎ》れた。直接言葉にしなくても、彼女は伊織が焦《あせ》っていることに気づいてくれる。だから、話がそれて他愛《たわい》ない話になっていっても、気づくと心が軽くなっているのだ。

二人はタクシーは使わず、自転車のサドルにキャリーを載せ、転がしながらゆっくりと伊織のマンションに帰ってきた。

「わー、大きいね！」

豪華なエントランスに睦月は目を丸くする。

部屋に通すと、

「玄関があたしの部屋くらいあるよ！」

と驚いていた。

そう聞いて、突然「やっぱ自分で稼がなきゃ」と焦っていたことに気づいた。それってつまり、

「自分に何ができるか」

だよなあ、と思う。

「チョコ、すごいよ、あんたの部屋もあたしの部屋と同じくらいだよー」

睦月はそう楽しそうにチョコに話しかけた。

チョコはキャリーから出ると、少しずつ移動しながら小さな鼻をさかんに動かして、ここがどこだか必死に探っているようだった。

「ケージにベッド置いてあるよ。おいで」

伊織の声かけにビクッとしたように振り向く。じーっとにらまれるが、ぷいっとそっぽを向いて部屋の偵察《ていさつ》を続ける。

「チョコ、ボールで遊ぼう」

そのくせ睦月の方にはいそいそと近寄っていく。遊んでもらえるからだと思っておいてやる。

後ろ足が動かないけれど、前足を必死に動かしてボールを追いかける。

睦月はしばらくチョコと遊んで、帰っていった。玄関にまでチョコの悲しそうな声が聞こえる。

「置いていかないでくれ、あいつと二人きりにしないでくれ」

と言っているみたい。

しつけ教室などにも行った方がいいんだろうか。仙波さんによると、一応トレーナーに預けたことがあったらしいのだが、母に訓練する気がないのでまったく変わらなかったらしい。

「今日はありがとう」

本当は駅まで送るつもりだったのだが、

「チョコをいきなり留守番させない方がいいんじゃない？」

と言われて、エレベーターまで。

「じゃあ、また予備校でね」

睦月は笑顔で手を振る。

「うん、ありがとう」

まだ何か言わなくてはいけないことがありそうだが、うまく言葉にできない。

「結川くん、一緒に大学行こうね」

突然睦月が言う。彼女とは志望校が同じだった。

「……うん」

「がんばろうね」

「うん」

睦月はどうしてそんなことを言ったのかよくわからなかったが、ちょっと気持ちが落ち着いた。

部屋に戻ると、チョコはもうケージの中のベッドで丸くなっていた。やはりちょっと疲れたようだ。

この部屋を片づけたのが二週間前とは信じられなかった。まさか自分が犬を飼うことになるとは。

ケージの隣に寝転ぶ。犬の匂いって、初めて意識したな……。ああ、勉強もしなくちゃ……。

いろいろ考えているうちに眠くなってきたが、チョコがピスピスと鼻を鳴らす音に目が覚めた。

チョコはまだ眠っているようだ。寝ぼけているのかもしれない。だが、やがて悲しそうな声をあげ始めた。撫でてあげた方がいいのだろうか……。

起き上がり、ちょっと迷ってから、ケージの中にいるチョコの背中をそっと撫でた。

彼はビクッと身体を震わせたが、そのあとは鳴き声も落ち着き、寝息のようなものも聞こえてきた。

チョコの毛並みはスルスルとしていた。小さすぎて伊織の片手にも乗りそうだったが、温かくて触り心地がよかった。

本当は猫の方が好きだと今も思っているが、昔触った子猫と同じぬくもりがチョコにもあった。


数日後の午後、ぶたぶたが家にやってきた。

ぶたぶたの姿を見ると、チョコは狂喜した。飛びつくと、当然二匹（？）もろとも倒れる。それでもかまわず、ベロベロぶたぶたの顔を舐《な》めまわし、鼻の先を甘噛みする。しっぽを千切れんばかりに振る、という常套句《じょうとうく》があるが、本当にそうだった。チョコのしっぽが細いから、余計にそう見えたのかもしれない。

しかし、伊織だってだいぶチョコに慣れてきている。チョコが伊織で妥協した、と言うべきか。

手際はいまいちだが、世話する奴はお前しかいないから我慢してやる、みたいな雰囲気を醸《かも》し出してはいる。でも、抱き上げても暴れないし、鳴き喚《わめ》くこともなくなった。名前を呼んだり、「おいで」と言ってもまだ来ないけれど。

キャリーもいつも開けておいて、慣れさせている。今朝試してみたら、すんなり自分から入ってくれた。これからは近所の動物病院にも行ける。

ぶたぶたに往診を頼む必要もない。

なんだか淋しかったけれども、それはしょうがない。

まとわりつかれながら、ぶたぶたはチョコの身体を触診する。犬とぶたのプロレスごっこにしか見えないのだが……。

「元気なようですね」

ドロドロになりながら、ぶたぶたはようやくチョコから離れる。

「エサもたくさん食べてます」

どんなドッグフードも食べるが、野菜や果物なんかも好きなのには驚く。

その時、突然気づいた。

「ぶたぶた先生、今日は一人ですか？」

助手の人がいない。

「そうですよ」

「あの、車は――」

「あ、来客用のところに停めました。あれ、いけませんでしたか？」

「いえ、いいんですけどっ……」

確かに予約した時、車はマンション駐車場の来客用スペースに停めてくれ、と言った。でも訊きたいのはそれじゃない。

「運転――してきたんですか？」

「はい」

「一人で？」

「はい」

「それが何か？」という顔でぶたぶたは伊織を見上げる。

「いえ……なんでもないです」

「あ、すみません、ちょっと頼んでもいいですか？」

ぶたぶたが持ってきていた謎の機械を伊織に差し出す。

「……なんですか、これ？」

「蒸気が出るんで、いつもこれで消毒しているんです。商品名でいうとスチームクリーナーですね」

あ、なるほど。

蒸気をシューシューぶたぶたの身体にかけまくると、チョコのヨダレで汚れていた彼の身体はすっかりふかふかになった。しっとり湿ってはいるけれど。

そのあと、伊織に押さえてもらって検温したり、足の調子を見たりした。ぶたぶたと遊べない（遊びに来たわけではないのだが）チョコは不満そうだ。

「痛みがあるように見えますか？」

「いえ、そんな様子はないです」

足をひきずるので擦《す》り傷ができないようにパンツを穿《は》かせているが、触ってもいやがらなくなったから替えるのも楽だ。

「リハビリのマッサージが合っているか、見てほしいんですが」

著《いちじる》しい変化はまだ臨《のぞ》めないはず、と自分に言い聞かせているが、間違っていたら怖い。

「いいですよ」

「風呂でいつもやってるんです」

バスルームに案内する。ぶたぶたは入るなり、

「わー、広いお風呂ですね！」

と叫ぶ。もう無駄に広くて、自分でやってみると掃除が大変なのだ。

「さっきのスチーム、こっちでやればよかったですね」

「いえいえ、気にしないでください！」

浴槽にぬるめのお湯を浅く張り、伊織はショートパンツのまま入る。チョコの腹を支えながら抱いて、お湯に浮かべた。

最初のうち、腹を触られていやがるチョコにてこずったが、最近は素直に従ってくれるようになった。

ぶたぶたが浴槽のふちに立ってのぞきこんだ。

「ああ、後ろ足動かしてますね」

支えての犬かき、ということだ。チョコは小さいから風呂でもできるが、大型犬とかは大変だろうな。

「このあとっていうか、あまり動かない時にはこうやって――」

伊織はチョコから手を離した。前足で浴槽の底に立ってはいるが、後ろ足は伸びたまだ。それを両手で軽くつかみ、泳ぐ時のように動かす。

「ゆっくり、ちょっとだけでも動かした方がいいかな、と思って、こうやってるんですけど」

「そうですね。あまり無理に動かさなければ大丈夫ですよ」

「そのうち、チョコが自分から動かすようになるんで、あとは本人にまかせてます。のぼせる前には風呂から出してますし。最近、本人が後ろ足で踏ん張るような仕草をするんですよ」

まだ立てないのだけれど、「立てそう！」と本人も思っているのかもしれない。

「この浴槽なら、チョコちゃんにとっては充分プールですから、実際に泳がせてしまうというのもストレス解消になりますよ」

ぶたぶたが言う。

「そうですね。チョコも水は怖がらないし」

「思ったよりも早く良くなりそうですね」

和《なご》やかな雰囲気で話していると、

「伊織ー!!」

ものすごい怒鳴り声が聞こえた。

ぶたぶたが驚いて足を滑らし、浴槽に落ちた。落ちたというか、浮いた。手足を上に向けたまま。

チョコがさっそくお湯の中にひきずりこむ。

「わっ、チョコ待って！」

「伊織！」

風呂場に母が駆け込んできた。確かにさっきの声は母のものだったが、どうして？

「チョコはどうしたのよ！」

「どうしたって……!?」

浴槽から出た伊織は、母を押しとどめようとした。

「あんたが盗んだんでしょ!?」

その言い分にあっけに取られる。この間は「ペットショップに返してこい」って言ったではないか。

「盗むってあんた言ってたわね!?」

「いらないって言ったじゃないか！」

「言ってないわよ、そんなこと！」

何これ、全然話が通じない！

「チョコ！」

浴槽をのぞきこんで、チョコを見つけた母が、手を伸ばす。

チョコが狂ったように吠えた。まるでぶたぶたを守るように。

「母さん、落ち着いて！」

羽交《はが》い締めにしようとしたが、異様な力で振り払われ、滑って床に尻もちをついてしまう。

「チョコ、来なさい！」

しかし、チョコは吠え立てて後ずさる。

「ダメな子ね！」

母はチョコの尻を叩こうとするように手を振り上げる。

「待て、チョコ！」

そう言ったのは、ぶたぶただった。しかし、チョコは牙を剝きだす。降ろされようとしていた彼女の手に向かって。

「危ない！」

一瞬ののち、浴室にチョコの低い唸り声だけが響く。

「な、何……?」

呆然としたように、母がつぶやく。

チョコはうーうー言いながら噛みついていた。ぶたぶたのお尻に。

「奥さん、落ち着いて」

ぶたぶたは母の手首にしがみついていた。

鼻がもくもくっと動いて声が出る。姿に似合わない渋い中年男性の声に、母がビクッとなる。

「誰っ!?」

ものすごい勢いで顔を振る。そのせいか、足元がふらついた。

「母さん!」

あわてて支えるが、母は浴槽のふちに頭をぶつけて卒倒してしまう。

いつの間にかぶたぶたのお尻からチョコは離れており、ギャンギャン鳴きまくっている。母——元の飼い主に向かって。

「結川さん、救急車!」

「つ、はい！」

あわてて携帯電話で連絡する。

母は風呂場の床に横たわってピクリとも動かない。チョコのかなり騒がしい声にも無反応だ。ぶたぶたが脈を診たりしていた。

「頭、打ってますよね……」

「でも、結川さんが支えたからそんなに強くはないはずです。血も出てないですね」

けど、血は出ない方がヤバいと聞いたことがある！　それにぶたぶたは人間の医者じゃなくて、ぬいぐるみの医者——じゃなくて、獣医だ！

「あっ、あの、俺、母についていかないといけないと思うんで、これ——」

と携帯電話を差し出す。彼の半分くらいある。

「これで、睦月さんに連絡してください。チョコを見てても
らえたら——」

「わかりました」

「もし睦月さんがダメだったら、仙波さんって名前の人に電話してください。あと、鍵も置いていきます」

外でサイレンの音がしたような気がした。近くでは音を鳴らさないように頼んだから、

もうすぐマンションに到着するだろう。

「あっ！　ぶたぶた先生、お尻は⁉」

がっつり噛まれていたけど⁉

「大丈夫です」

後ろを向いたぶたぶたのお尻には、ポツポツと穴のようなあとはあったが、

「痛くはないです。犬が人を噛むと、あとで面倒なことになるかもしれませんから」

母とチョコ、両方に気をつかってくれたのだ。

「ありがとうございます……！」

「じゃあ、行きます」

浴室を出かかったが、洗面所にあったバスタオルをつかんで、ぶたぶたをくるむ。

「好きなだけ使ってください！」

タオルからきょとんと顔だけ出したぶたぶたは、とてもかわいかった。

母は、結局時差ボケの寝不足によるめまいで倒れただけだった。一泊入院して帰っていった。

頭も検査の結果、異常なし。コブはできたが、ぶたぶたのことも憶えていない。

ただ、ずっと不調が続いていることを医師に相談したら、婦人科にかかるように言われたらしい。

「更年期《こうねんき》障害だったそうです」

「そうですか」

今日はチョコを連れて、山崎動物病院に来ていた。診察をしているのは、ぶたぶただ。いつものように、チョコにまとわりつかれている。

「ここ二、三年、気分にムラがあって、周りの人たちもいろいろ困っていたらしいんですけど、ホルモン治療を始めたら、すごく落ち着いたらしいです」

カッとして言ってしまったことを忘れてしまったり、イライラが止まらなくて人に当たってしまったりと大変だったそうだ。

「それはよかったですね」

ぶたぶたがにっこり笑った。

「更年期障害は、人によってつらいらしいですから」

「母はけっこう重い方らしいんですが、治療が合ったらしくて」

「気がついて幸運でしたね」

実家に帰った時、仙波さんに話を聞いたら、失言がひどくて仕事にも影響しかねないところまで来ていたと秘書から聞いたそうだ。今はもう、修復できているらしい。

病気だったのか――と伊織は少しホッとしていた。いくらなんでも元々あんなことを言う人とは思いたくなかった。

父もさすがに母が倒れたと聞いて病院へやってきていた。久しぶりに会ったが、ちょっと疲れているような顔をしていた。

「すまんな」

二人で病院の夜間待合室に座っていた時、突然父が独り言のように言った。

「お母さんのこと、まかせきりで」

黙っている伊織に対して、しびれを切らしたのか、彼は絞り出すように言った。

「大学は、お前の好きなところへ行きなさい」

思わず顔を上げた。「大学に落ちたこと、知ってたの？」と皮肉を言いそうになった。しかし、それを言ったら際限なく問い詰めることになりそうだった。

「お母さんのことはあとで連絡するから、今日は帰りなさい」

疲れていた伊織は、その言葉にうなずき、立ち上がる。

見下ろした父の肩はやせて、手が異様に骨ばって見えた。

両親は歳を取っていくのだ。自分もいつまでも子供ではない、と改めて思った。

後日、落ち着いた母からは一応謝罪があった。

「チョコはあなたに譲るわ」

そして、もう生き物は飼わないと約束をした。

「お父さんと久しぶりに話し合ったの」

息子の話をしたかどうかは、やはり訊けなかったが、それが彼らの精一杯の気持ちと取り、とりあえずは充分か、と伊織は思う。

「チョコもすっかりよくなりましたね」

ぶたぶたにまとわりついているチョコの後ろ足は、かなり動くようになっていた。長い距離は歩けないが、家の中は普通に歩いたり、たまに走ったりもしている。ひと部屋に閉じ込めておくのはとっくにやめていた。

「もう散歩に行ってもいいですよ。短い距離から始めて、少しずつ延ばしてください」

「はい。あーそうか。お前はそれが初めての散歩になるのか」

チョコがぶたぶたを噛まないように押さえると、彼はうれしそうに伊織を見上げて、しっぽを振っている。

「広い庭で自由に走れる方がよかったかな？」

「いやー、今はチョコも、結川さんと散歩をする方が楽しいと思ってますよ」

ぶたぶたの言葉に、初めてチョコが自分に対してしっぽを振った時のことを思い出した。

チョコは家事も手伝わないし、何かしゃべってくれるわけではないが、存在自体が温かい。自分もチョコのためにそうなりたい、と思えるのだ。

「……そうですかね？」

「そうですよ」

ぶたぶたの点目の大きさは変わらないのに、どうしてこんな笑っているってわかるのか、本当に不思議だ。

最近、睦月が伊織の家で勉強するようになった。

チョコと一緒に散歩もしてくれる。マッサージをしてくれたりもする。ぶっちゃけチヨコは、伊織よりも睦月の方が好きだ。

季節は年末に近くなっていた。受験生にはつらい時期だが、伊織の気持ちは去年より明るかった。

「去年は、はっきり言って勉強してなかったから」

お茶を飲んで休憩している時、そんなことを伊織は言った。

「そうなんだ」

「行っても行かなくてもいいやみたいな気分だったんだよね」

睦月に言えることもだいぶ増えた。

「だから、落ちたのも当然だから、親にはなんにも言わなかった。でも、母親はなぜか知ってたな」

父から伝わったのか、母から伝わったのか——それはまだわからない。

「あたしも去年は全然違う生活してたなあ」

睦月が祖父の遺産をもらわなければ、こうして出会うこともなかったのだ。

「恩人の人に感謝だな……」

「えっ、何？　恩人って誰？」

独り言のつもりだったのに、声に出していたらしい。

「あっ、いやその……睦月さんがお祖父さんの遺産もらうように言った人はすごいなあって……」

「ああ、それね、ぶたぶた先生だよ」

「ええっ」

なんと。

「プリマベーラはね──」

プリマベーラというのは、今睦月がバイトしているダイニングバーだ。

「──働いてたホテルの料理長が出したお店でね、家の近所だったからたまに行ってて、それでぶたぶたさんに出会って。遺産の時も相談に乗ってもらおうかと思ったんだ。でも、その時はあたしもぶたぶた先生も酔っててね」

「酔うんだ……」

「うん。急な往診もあるから、めったにないんだけど」

急患も引き受けてるのか……。いや、酔うってことの方がすごい気がする。

「あたしが、

『お父さんとお母さんに苦労させたくせに、今更いい顔しようだなんて、勝手すぎる！』

って言ったら、

『人っていうのは、たまに「何か」を救うことをしてみたくなるんだよ』

ってぶたぶたさんが言ったの。

『だからぶたぶた先生は獣医になったの？』

て訊いたら、

『いや、僕はぬいぐるみだから』

ってきっぱり言われた。だから、冗談だか本気だか全然わかんなくて」

伊織は笑ったが、ぶたぶたが言ったことはなんとなくわかる気がした。柄《がら》にもないことをやってしまうタイミングというのはあるのだ、きっと。彼女の祖父は間が悪かったのだろう。もう少し早かったら、と彼もきっと考えたはずだ。

「でも結局、一番実感できたのは、プリマベーラのマスターが言った、

『貧乏は精神を蝕むから、もらっとけ』

ってことだったかもしれない」

「なるほどね」

「精神を蝕むのは貧乏だけじゃないけど、結局あたしはお金もらう言い訳が欲しかったんだよ。たいていの人は『もらえ』って言うしさ」

伊織でもそう言っただろう。

「何しろ大金だったから、怖くて。絶対に何か変わるってわかってたから」

「変わる、か……」

変わるきっかけも、お金だけではないけれど。

チョコが小さく吠えた。「そろそろ勉強に戻れ」と言うように。

「でもまず、大学に受からないとね」

「うん」

睦月はすぐにノートに屈みこんだが、伊織はしばらくチョコを見つめながら、次の春を思う。

笑顔でその時を迎えられますように。

そのあとも、睦月とチョコと、一緒にいられますように。

トラの家

最近、飼い猫のトラの調子が悪い。

トラは名前そのままのトラ柄のオス猫だ。大柄で顔が丸いので太って見られるが、実際はそれほどでもない。なかなかふてぶてしい顔つきで、鳴き声もどら猫そのものだが、性格は穏やかだ。

そのトラの食欲が、最近落ちている。根岸《ねぎし》家に来て二年になるが、その間食欲が落ちたことは一度もなかった。健康でいつも元気だったから、保護した時に行ったきり、病院へ連れていったこともなかった。

その時の獣医の見立てでは、「推定十五歳」だった。ということは、今は十七歳。かなり老齢なので、具合が悪いのも仕方ないことなのだろうが、邦夫《くにお》は自分がだいぶ動揺していることに気づいた。子供のない老夫婦の元へやってきた孫のようにかわいがってきたのだ。

とにかく病院に連れていかねば。だが、その当時連れていった獣医は、もうお歳で病院を閉めてしまっていた。他にも動物病院はあるのだろうが、邦夫には心当たりがない。

そうだ、トラを引き取った時に相談した猫ボランティアの人が、周辺の獣医のリストをくれたことがあったっけ。

タンスや机の引き出しをひっかき回し、ようやく見つける。

「ああ、みんなけっこう遠いな……」

バスに乗らないと行けないかもしれない。トラは筋肉質で、二年前より少しやせたとはいえ、かなり重い猫だ。ペットキャリーで連れていくとなると、けっこう大変だろう。自分ではまだまだ元気だと思っているが、七十過ぎの老体にどれだけの負担になるかわからない。

かといって、トラを歩かせるわけにはいかないし……。

「あ、これ――」

リストの中に「往診対応」という病院もあるではないか！

ここにしよう。でも、すぐ診てもらえるのだろうか。

電話をすると、

「はい、山崎動物病院です」

落ち着いた中年男性の声が出た。ベテランっぽい。ちょっと安心した。

「あの、歳を取った猫なんですが、最近食欲が落ちてきまして。近所の動物病院が少し遠いものですから、往診をお頼みしたいのですが」

「今日は午後空いている時間があるので、もしご都合よろしければうかがいますよ」

「あ、お願いします」

あっさりと来てくれることになった。さらに安心する。

だが、邦夫はそのあと、別の意味で大いに動揺することになる。


トラは、丈夫というより、我慢強い猫と言うべきかもしれない。

そこらの人間よりもずっと忍耐強く、賢い気がすると常々思ってきた。本当のところはまったくわからない。猫を飼うのは初めてだから。

今のこの状況を見て、ますます彼の賢さを実感した。自分はショックを受け、あっけに取られるばかりだが、彼の表情は変わらない。猫だから――というか、動物だからかえって当たり前なのかもしれないが、たたずまいがまったく変わらないことに、感心してしまった。

今、目の前にはぬいぐるみの獣医がいる。薄いピンク色のぶたのぬいぐるみだ。大きさはトラの身体と同じくらい。しっぽの長さや頭を入れると、トラより小さい。突き出た鼻に大きな耳、結ばれたしっぽ。黒ビーズのつぶらな目が大真面目に見えるのがおかしい。そして、緑色の服を着ていた。まるで手術着のようだが……。

家の前に車が停まり、中からそのぬいぐるみが降りてきた時、邦夫はただただ立ち尽くすしかできなかった。運転手が見えないな、とは思ったのだ。え、ということは、運転はぬいぐるみ本人がしていたということ?

「ブニャー」

いつの間にかトラが玄関に出てきていた。上がり口に座って、じっとぬいぐるみを見ている。

トラはぬいぐるみが好きだ。今でも寝床にお気に入りの魚のぬいぐるみが置いてあり、たまに一人遊びをしている。新しいぬいぐるみを買ってきたりすると、喜んで抱きかかえ、噛みつき、猫キックを浴びせる。

だから、トラが出てきたのは、あのぬいぐるみで遊ぶためかと思った。目ざとく見つけて、襲いかかるのかと。

だが、トラはいつもと変わらず泰然《たいぜん》と座り込み、ぬいぐるみをじっと見つめるだけだった。

もしかして、彼も驚いている？ と一瞬思ったが、しっぽがふくれていたりクネクネさせていたりもしないし、背中の毛が立ったり、耳が寝たりもしていない。瞳孔も特に変化がない。至って平常心である証拠だ。

邦夫も多分、見た目はトラと変わらなく見えるはずだが、ぬいぐるみには悟られてしまうだろうか。点のような目であるが。

「根岸邦夫さんですか？」

さっき電話で聞いた耳触りのいい男性の声がした。ぬいぐるみの鼻がもくもくっと動いたと思ったら聞こえたのだ。

「は、はい」

声が上ずる。普通にたずねられたので、普通に返事をせざるを得ない。

「遅くなりました。山崎動物病院から参りました山崎ぶたぶたです」

山崎、と電話ではさっき聞いていたが、下の名前がぶたぶたとは。斬新《ざんしん》というかぴったりというか、それ以外ないというか。

「ブニャー」

またトラが鳴く。ぶたぶたという名のぬいぐるみが、その声に玄関の中をのぞきこむ。

「あ、トラ」

トラのしっぽがひゅーっと上がった。機嫌のいい証拠だ。

「久しぶりに見ましたが、相変わらず大きいですね」

トラに話しかけたのかと思ったが、違う。自分に言ったのだ。「久しぶり」？　どういうことだ？

「……はい。最近少しやせてきましたけど」

「毛並みもいいですね。大事にされてるんだ、トラ」

トラはくるっと踵を返した。まるでぶたぶたに対して、「早く上がれよ」と言うように。


トラは噛みつきも怯えもせず、ましてや遊びもせず、おとなしくぶたぶたの診察を受けていた。痛い時にはちょっとだけ鳴き声をあげるが、ぬいぐるみの柔らかい手で撫でられるとそれも治まる。

「この子の本当の歳は、いくつくらいなんですか？」

二年前からしかトラを知らないので、それ以前のことを知りたい。

「今は推定十七歳と聞いているんですが」

「そうですね。でも、歯の様子とか、昔の状況から鑑《かんが》みると――はたち近いかもしれません」

「それは人間だとどのくらいですか？」

「九十超えてるってところですかね。もしかしたら、はたち超えている可能性もありますよ」

確かにトラの行動はゆっくりになっている。でも毛並みはまだツヤがあり、声にも張りがある。

「昔の状況って？」

「ちゃんと調べてはいないんですが、二十年以上前からいたんじゃないかって言う人もいるんですよ」

「二十年以上って――」

「人間だと百歳近いですね。でも、似たような猫はたくさんいますし。彼の兄弟もいるでしょうから」

なかなか面白い。トラは邦夫よりも年上なのか。しかもかなり上の可能性もある。だから、あんなに偉そうなのかもしれない。

ところで、このぬいぐるみ獣医の山崎先生はいくつなんだろう。彼もはたちを超えているんだろうか。声の様子では四十代半ばから後半というところだが。

訊いてみたい衝動をグッと抑えつける。

「老齢故《ゆえ》の内臓機能の低下だと思うんですが――精密検査をしますか?」

そう言われると悩む。自分で運ぶのが大変だから往診を頼んだのだ。自家用車ももうない。

それに治療費も少し問題だ。蓄《たくわ》えはあるが、年金暮らしなので……。

「精密検査というと、レントゲンとかですか?」

「そうです。うちの本院に連れていくことになります」

「猫はじっとしていませんよね? 撮る時……」

「押さえつけて撮るしかありませんね。大型犬だと麻酔を使う場合も――」

それはちょっと怖い。歯石を取るために麻酔をかけて、そのまま目覚めないという事故も聞く。

という気持ちが顔に現れたのか、

「――血液検査だけをとりあえずしておきますか？」

と言われた。

「……そうですね」

ぶたぶたは、トラの血液を採取して、

「では、結果は後日ですので、あとでうかがう日についてご連絡いたします」

と言った。

「ありがとうございました」

引き止めてトラの昔の話を聞きたかったが、忙しそうなのであきらめた。若い頃のトラはどんな猫だったのか、子猫の頃を知っている人はいるのか――そんな話を聞けたら、入院中の妻・靖子《やすこ》へのいい土産《みやげ》話になるのに。

トラは血液採取されたあと、少しだけぐったりしていたが（眠かっただけかもしれない）、夜になったら元気になってきた。エサをモリモリ食べ、排泄も大量にして、さっさと邦夫のふとんの上で丸くなる。

「便秘だったのかな……？」

と問いかけてもトラはもう寝ているのか、何も言わなかった。


三日後、再びぶたぶたが我が家にやってきた。

トラは元気いっぱいとは言えないものの（いや、これはもう年寄り猫なので）、エサは普通に食べ、よく眠っている。特に変わった様子はない。

ぶたぶたは検査結果の数値の説明を丁寧にしてくれた。そして、

「全体的な機能が多少落ちているとしか言えないですね」

と言う。

「先生に来ていただいてからは、食欲も戻ってきたみたいです」

それくらいしか気になるところはなかったので、邦夫としてはひと安心だ。何か特別なことでもしたのか、と思うほどに快復した。自然と「先生」と呼べるというものだ。ぬいぐるみであったとしても。

「トラはもうお歳ですし、もし検査をして何かわかって手術ということになっても、それに耐えられる体力があるかどうかわかりません。見た目はとても元気ですけどね」

「そうですね」

邦夫よりも年上なのに。

「先生のご意見としてはどうなんですか？」

「トラは現在、調子の悪いところもありますが、概《おおむ》ね快適に過ごしているようですし、かなり長生きをしていますので、このままのんびりと暮らすのが一番いいんじゃないでしょうか」

「痛い思いをしているわけではないんですね？」

「わたしの見立てでは大丈夫のようです」

ほわ〜っと座布団の上であくびをしている様子からも、痛みやしんどさは感じられない。

ぶたぶたがトラを撫でると、喉をゴロゴロ鳴らし始めた。

「この間は時間がなくて残念でした。すごく久しぶりにトラに会ったのに、すぐにお暇《いとま》しなくてはならなくて」

「先生は以前トラを診ていたんですね」

「診ていたというか、厳密に言うと診察はしていないんですよ。しかもだいぶ前のことです」

「それは、もしかして飼っていたってことですか？」

ぬいぐるみなのに？

「いえいえ、そういうのでもないんです」

どういうことだ？

「トラはうちに来てまだ二年なんですが、その前はどんな生活をしていたんでしょうか？」

「トラは、なかなかすごい猫生を歩んでますよ」

それをこのぶたぶたに言われると、あまり説得力がないような。

「それより二年前からずっと飼われているっていうのに驚きです」

「えっ？」

意外なことを言われた。

「トラはかつて家出の常習犯だったんですよ」

「そうだったんですか？」

いつものんびりしている彼からは想像もつかない。

「完全室内飼いですか？」

「完全――ですかね。ドアや窓を開けておいても、外には出ません」

「えっ、ほんとですか⁉」

ぶたぶたの点目が、少し大きくなったような気がした。

「逃げたりしないんですかっ？」

「ええ。留守番もちゃんとできますよ」

靖子は「完全室内飼い」にこだわっているが、邦夫としては外に出てもいいと考えている。しかし本人が出ないのだから、出たくないんだろう、と思っていた。

「猫用のドアも一応つけてありますけど、使ったことないですね」

ははあ〜、とため息のような声をぶたぶたがあげる。どうやって出しているんだろう。

「以前のトラでは考えられません」

感心したように言う。

「トラも歳を取ったということではないですか？」

落ち着きたくなる気持ち、というのが猫にもあるのだろうか。

前回よりは話ができたが、やはり忙しいらしく、ぶたぶたはすぐに次の訪問先へ向かった。

今日は助手として若い男性がついていて、運転は彼がしていた。ちゃんと運転席から頭が見える。

助手の男性は獣医学部を卒業したばかりらしい。こう言ってはなんだが、あのような特殊な人（？）について修業になるのだろうか。物言いとか人当たりとかは素晴らしいと思うけれど。

それがあるとないとでは、仕事の上でだいぶ違うから、あれはあれでいいのかな。

それにしても、トラにそんな過去があったとは。

猫を飼っている友人が家に来たりすると、

「トラちゃんは賢い！」

とよく言われたものだが、猫飼い初心者の夫婦としては猫はみんなこういうものだと思っていた。

「トラ、お前、脱走の常習犯だったんだって？」

こたつぶとんの上で寝ているトラに声をかけると、まるで「そうだよ」と答えるように、「ブニャー」と鳴いた。

「あのぬいぐるみ先生に世話になったたって聞いたぞ」

そう言うとフフン、と言うように鼻を上げた。

「どんなふうに世話になっていたのか、お前から話が聞ければいいんだけど――」

「それは無理だね」と言うように「ブニャッ」と小さく鳴き、トラは部屋を出ていった。

昔からあいつは人間の言葉がわかるのではないか、と感じていたが、本当にそうなのかも、と思い始めていた。


次の日、いつものように靖子が入院している病院へ行った。

彼女にはトラの具合のことは言っていなかった。心配して余計なストレスをかけるわけにはいかない。

でも、特に心配はないようなので、今日はきちんと話した。

「そうだったの……。トラちゃん、元気なのね？」

「うん。今日は紐で少し遊んだよ」

たまに「遊べ」と要求する時もある。

「そろそろトラがこたつにこもる日が多くなるわね」

あまり寒いと、トラはストーブの前からどかなかったり、こたつから出てこなくなる。気候の気持ちのいい時は、日がな一日外を見ている。鳥や虫や風に揺れる草花が好きらしい。

外に出たがるというより、外の世界が好きな猫なのだろうと思っていた。昨日ぶたぶたから話を聞いた時に、よりその気持ちが強くなった。

「あ、トラを診てもらった獣医さんが、とても変わった――人だったよ」

「どんなふうに？」

「うーん……ひとことで言うと、『かわいい』」

「まあ。女性？」

「いや、男性なんだけどね」

「男性なのにかわいいの？」

しきりとたずねる靖子だったが、うまく説明できる自信がなく、

「いつか会えるよ、きっと」

とごまかす。

「会わない方がいいんでしょうけどね」

「そうか。トラが具合が悪くなきゃ会わないからな」

靖子の言うとおりなのだが、ちょっと残念に思う。

「早く退院して、トラちゃんに会いたいわ」

持病が少し悪化しての入院以来、気落ちしていた妻だったが、トラの話をする時だけ生き生きする。

病院に連れてくるわけにもいかないし。その点は、靖子も納得しているが、なかなか退院のめどが立たないことにイライラしているようだ。


面会時間ギリギリまで病院にいて、停留所でバスを待っていると、

「根岸さん！」

軽いクラクションとともに、声がかかる。

振り返ると、ぶたぶたが往診の時に乗っていた車の窓から顔を出していた。

「あ、こんばんは」

「病院からお帰りですか？」

ぶたぶたが問いかける。今日も一人のようだ。顔を出しているのは明らかに運転席……。


「はい。妻の見舞いです」

「お送りしましょうか？」

「え、そんな……」

内心ひどく驚いたが、顔には見せないようにがんばった。

「どうぞどうぞ」

送ってもらうのはありがたい。とはいえ、この車——ぶたぶたの運転で帰る、ということだよな？

大丈夫なのか？　彼はごく普通のことのように言っているが。

「ぜひ送らせてください。実は根岸さんともっとお話ししたいと思ってまして」

「そうなんですか？」

「トラのことを聞かせてください」

そう言われると、断りにくい。邦夫ももっとトラの昔のことを聞きたいから。

「引き取ったいきさつとかをぜひ聞きたいんです」

これでは断れないではないか。

邦夫はおっかなびっくり、ぶたぶたの車に乗った。助手席は荷物があったので、後部座席だった。やはり他に人はいない。

車の免許は持っているが、もう何年も前に車は手放した。東京だとあまり乗らないから、不経済なのだ。次の免許更新時には返上しようかと思っているくらいなので、運転を替わるとも言い出せない。だいたいそれは失礼なことではないか。これは彼の車なのだろうし……。

車が動き出す。ちゃんと動いてる！

「夕食はとられましたか？」

運転しながらしゃべってる！

「いいえ、まだです」

そっと運転席をのぞいて見ると、

「よかったら、おいしいお店があるんですが、ご一緒にいかがですか？」

鼻がもくもく動いている！

「は、はい……」

と気がつくと返事をしていた。いったいどうやって運転しているのか、じっくりのぞきたいのだが、そうなるとかなりあからさまにやらねばならない。

「イタリアン系なんですが、いかがでしょうか？」

「あ、はい。好きです！」

必要以上にいい返事をしてしまう。

「お酒はいかがですか？」

「量は減りましたが、飲みます」

毎日とは言わないが、晩酌はする。

「そこ、ハウスワインがおいしいんです」

「あ、そういうところ、いいですね」

「オーナーシェフの知り合いがワイナリーをやってて――」

こうやって話していると、ごく普通の人と話しているとしか思えないが、ぬいぐるみなのだ。しかも獣医で、車の運転までできる！　しかもうまい。

長年生きてきて、もうそんなに驚かないだろう、と思っていたが、人生何があるかわからない。

靖子にぜひ会わせたい。が、実は心臓を患《わずら》っているので、不安だ。

ぶたぶたが案内してくれたのは、山崎動物病院本院近くのダイニングバーだった。名前はプリマベーラ。春という意味だ。

邦夫はすすめられたとおり、ハウスワインを注文する。ぶたぶたは巨峰のジュースで作ったサングリア風ノンアルコールカクテルだ。

「料理、何か好き嫌いはありますか？」

「いえ、なんでもいただけます」

「適当に頼んでもいいですか？」

「はい」

ぶたぶたが店員におすすめを訊いたりして、注文する。常連らしく、店員は誰一人として驚かない。客がたまに目を丸くしている。

ほどなく飲み物が運ばれて、

「お疲れさまです」

と乾杯する。なんだかサラリーマン時代に戻ったみたいだった。ぶたぶたは、声から察するにだいぶ後輩になるだろうが。

ワインはぶたぶたが言ったとおり、おいしかった。とても軽くて飲みやすい。飲み過ぎないように注意しなくては。

ぶたぶたはカクテルをストローですすっていた。鼻の下に口があるらしい。鼻が動いてしゃべっていたから、鼻を使うのかと思った。でも、その先っちょは布だ。穴も開いているわけではないし。

でも、カクテルは確実に減っている。

料理が続々とやってくる。オリーブオイルとニンニクの香りが食欲をそそる。

自家製の燻製《くんせい》や生ハム、豚肉と野菜の煮込みやキノコのオイル煮、もちもちのピザやチーズのリゾット、ガーリックトーストなどなど――みんなうまい。

皿や盛りつけはとてもおしゃれだが、量はたっぷりだし、どこか外国の家庭で出された料理を食べている気分になる。イタリアンだと言っていたが、スペイン風でもある。

そういえば「プリマベーラ」ってイタリア語もスペイン語も同じ「春」だ。

「それで、トラはいったいどういういきさつで飼うことになったんですか？」

ぶたぶたは煮込みの汁にガーリックトーストを浸しながら訊いてくる。彼の食べ方に目を奪われながら料理を味わうのは至難の業《わざ》だ。濃いピンク色の布を張った手先でナイフとフォークを自在に操る。パンを千切り、ピザを丸めて、鼻の下に押しこむ。ほっぺたがむぐむぐとふくらむ様は、まるでリスかハムスターだ。

「あ、えー……そんなすごいいきさつはないんです。ある日、夫婦で外出して帰ってきたら、居間でくつろいでいて」

ぶたぶたが大笑いした。口が見えないけど、声はちゃんと聞こえる。

「トラらしいですね！」

「そうなんですか？」

あとでトラの過去エピソードを聞くのが楽しみだ。

「戸締まりはちゃんとしてたはずなんで、いつ入ったのかわからないんですよね」

「根岸さんたちが出かける前に入り込んでいた可能性もありますよ」

「あっ、そうか。そういうことは考えなかったなあ」

そこがずっと謎だったのだ。

「今と同じくらいの時期で、こたつを出したばかりだったんですが、そのこたつぶとんの上で丸くなっていたんです。我々が出かける前もそこにいたみたいに」

ぶたぶたがまた笑う。

「首輪をしていたんで、近所の猫を飼っている家の子かなと思って訊きにいったら『知らない』って言われまして。それで首輪の裏側を見たら、猫ボランティアさんの電話番号が書いてあったので、連絡をしたんです」

「それは鶴見《つるみ》さんですね？」

「そうです。ご存知ですか？」

「隣町で地域猫の活動をなさっている方です」

「あ、その時もトラは地域猫だって言われたんですが、妻がすごく気に入ってしまって、ぜひ飼いたいと彼女にお願いしたんです」

「それですんなり引き取れたと」

「ええ。鶴見さんには、

『トラが自分からお宅を選んだようだから、そのまま飼ってあげてください』

って言われたんです。意味がよくわからなかったんですが、喜んで飼うことにしました」

なんの変哲もない話ではある。

「トラは、半野良猫というか、流浪《るろう》の猫なんですよ」

「え……まさか、名前の由来は寅《とら》さんの『トラ』ですか？」

なんとなく顔つきも似ている気がする。

「いえ、トラの名前がいつついたのか、誰がつけたのかはわからないんです。まあ、模様そのままなので、特に意味はないかもしれません。二十年近く、隣町のあたりをウロウロして、こっちでエサをもらってあっちのお宅をねぐらにして――って感じで生活してきた子なんです。猫ボランティアさんや獣医の間では顔を知られているんですよ」

「顔――不細工《ぶさいく》ですけどね」

ぶたぶたはまた楽しそうに笑う。

「そうですね。一度見たら忘れませんよね。後ろ足が二本とも白いのと、短いしっぽの先が複雑に曲がっているのも特徴なんですが」

「先生のしっぽとトラのしっぽって似てますね……」

「ああ、結んであるみたいなんですよね」

妻と「ぶたのしっぽみたいだね」と話したことがある。絵本とかのってことだが。

「トラは、今まで一軒の家にずっといることがなかったんですよ」

「そうなんですか？　飼い猫じゃなかったたってことですか？」

「そうですね。まさに地域猫みたいな感じです。今までいろんな人がトラを飼い猫として受け入れたいと言ってたんですが、数日そこの家にいても、いつの間にかいなくなって近所の家にちゃっかり行ってたりするんですよ」

「飼おうと思ってた人も心配するでしょうに」

「だから、近所で移動するんです。結局、トラを保護している家庭が複数になって、互いに交流ができたりして。今も仲良くつきあっているらしいです」

「その人たちは、今わたしの家にトラがいることを知ってるんですか？」

「鶴見さんが知っているなら大丈夫です。伝わっているはずですよ」

ぶたぶたはカクテルを飲み干して、冷たい龍井茶《ロンジンちゃ》を注文した。イタリアンとスパニッシュのお店なのに、渋い中国茶も揃えている。

「うちにいたこともあるんですよ」

「えっ、先生の家に？　でも、飼ってないって言ってましたよね？」

「ええ」

ぶたぶたは思い出し笑いをこらえるように、手で口——いや、鼻を押さえた。

「十年くらい前ですかね——」

と、ぶたぶたは話を始めた。

*　*

その日、ぶたぶたは往診の帰り道、一人で車を運転していた。

往診専門の動物病院を開業して日が浅かったが、問い合わせが次第に増えてきて、忙しくなってきた頃だった。

秋は日が暮れるのが早い。その日は土手の道を走っていた。街灯もあまりなく、早々に車のライトをつける。

疲れていたぶたぶただったが、かろうじてその物体に気づき、急ブレーキをかけた。

他に車がいなくて幸いだった。何も轢《ひ》かなかったはずだ。

車を降りると、薄闇の中から「ブニャー」という声が聞こえた。

声のする方に行ってみると、大きなトラ猫が道の真ん中に座っていた。さっき道で見た物体は、この猫だったらしい。

「危ないよー」

声をかけると、それに返事をするようにまた「ブニャー」と鳴く。

「首輪は……してないけど、耳は切ってあるな」

避妊や去勢された地域猫ということだ。

猫は「ブニャー」と鳴いて、歩き出した。少し離れてから立ち止まり、ぶたぶたの方に振り返った。まるで、「ついてこい」と言うように。

ぶたぶたが歩き出すと、猫は歩く速度をあげる。土手を駆けおり、枯れ草だらけの茂みの中に入っていく。

車からナタでも持ってくればよかった、と思いながら、むりやり草をかき分けながら追いかけて行くと、ダンボール箱の脇でさっきの猫が座っていた。

中には、子猫が数匹、震えながら丸まっていた。ピーピー鳴いている子もいる。捨て猫らしい。まだ目も開いていない。

「ブニャー」

「連れて帰って、面倒見ろ」と言うように、猫は鳴く。

獣医であるぶたぶたは、迷うことなく子猫を保護した。ダンボール箱を頭に載せて草むらを戻り、土手を登るのには苦労したが、なんとか車のところまで運ぶ。トラ猫はもちろん手伝わない。ぶたぶたよりも大きいのに。

「お前も来る？」

車に乗り込む時、トラ猫にも声をかけたが、彼はもう背を向けていた。しっぽを立ててさっそうと去っていく。もう用は済んだというばかりに。

ぶたぶたはその頃、小さな診療所で寝泊まりをしていたので、そこに子猫たちを連れ帰り、面倒を見た。

子猫は四匹いたので、授乳が大変だった。人間の子供と同じで、二〜三時間おきにミルクをあげないといけない。昼間は子猫たちを車に乗せて、往診に回った。

自分の半分くらいの哺乳瓶を支え、自分の三分の一くらいのもぞもぞ動く子猫を押さえながらの授乳には、さすがのぶたぶたも疲れ果てた。四匹にミルクをあげて、排泄をうながすために濡らした脱脂綿《だっしめん》でお尻を拭く作業をしていたら、ほとんど夜は寝る間がない。

たとえ数分でも寝ようと目覚ましをかけて横になったある夜、ぶたぶたはアラームに気づかなかったか、あるいは無意識に止めてしまったかして、起きることができなかった。

そしたら、彼が来たのだ。

「ブニャー」

すごく近くで猫の鳴き声が聞こえた。

子猫の声じゃない。でも、成猫は預かっていないはず……。

「ブニャーッ」

鳴き声が大きくなった。耳、右耳を噛んでる。そっくり返ってるから、噛みやすいのか？

「ブニャー!!」

ケンカするのかって勢いで鳴かれて、ぶたぶたはようやく目を覚ました。

目の前にでっかい猫の顔があった。

「えっ!?」

ぶたぶたよりも大きいトラ猫に見下ろされている。

「ブニャー」

首を傾げて鳴くトラ猫の姿に、ぶたぶたは思い出す。

「あっ、ミルク！」

子猫たちがピーピー鳴いていた。あわててミルクを作り、まず一匹目に飲ます。ものすごい勢いで一回分をあっという間に飲み干したその子のお尻を拭こうとしたら、トラ猫がかわりに舐め始めた。

「あたしが代わりにやってあげるから、他の子にごはんあげなさい」

と言っているおばちゃんのように見えたが、確かめたらトラ猫はオスだった。

プキプキ言っていやがる子猫を押さえつけて、上手におしっこやうんちをさせるトラ猫と一緒に、ぶたぶたはミルクをあげ続けた。

ようやく授乳が終わって、ダンボール小屋の中の湯たんぽも替えて——とやっているうちに、トラ猫はいなくなった。

いったいどこから入ってきたんだろう……。

それから彼は、何回かぶたぶたのところにやってきた。

子猫の目が開いて、トイレを憶えるまでは手伝ってくれたが、そのあとは、ただやってきておやつをもらったり、子猫たちと一緒に寝たりして帰るだけになった。

そのくせ、ミルクや離乳食の用意をしている時、じーっと監視するように見つめられた。「ちゃんとしたもんあげてなきゃ、承知しねえぞ」みたいな視線だった。

離乳が済んだところで、里親探しを本格的に始めた。その地域で開業したばかりのぶたぶたは、ペットの飼い主たちにも声をかけていたが、なかなか引き取ってくれる人もいなかったので、地元の猫ボランティアに相談することにした。

その時に名前が出たのが、鶴見園枝《そのえ》だった。

園枝は自ら何匹も猫を引き取っている主婦で、その地区の地域猫活動をしている顔の広い人だった。

ぶたぶたが訪ねる前に、彼女から連絡があった。往診をしてほしいというので行ってみると、アゴがはずれるかというくらい大口を開けてしばらく固まっていた。

周囲の人から噂は聞いていたが、まさかこんな小さなぬいぐるみが来るとは思わなかったようだ。

そのぬいぐるみが、ほぼ同じくらいの大きさになった子猫にまとわりつかれているのを見て、鼻血を出さんばかりに喜んでいた。

「ほとんど見分けつかない！」

と笑い転げ、写真を撮りまくる。それから仲良くなった。

里親探しの協力を頼むと、快く承知してくれる。しかも、

「この子猫は、大きなトラ猫から押しつけられたんですが」

と言ったら、

「ああ、それは多分トラですね」

あっさり答えられた。模様や鳴き声などの特徴を話したら、彼女は「間違いない」と言う。

「トラは、いろいろなお宅で面倒を見てもらっている子なんです」

「首輪がなかったから、野良猫というか地域猫だと思ってました」

「元は野良です。もう十歳くらいになっているんじゃないかって言われてるんですけど、若い頃からいろいろな餌場やお宅でごはんをもらっていて、有名な子だったんです。人なつこいし賢いしでみんなにかわいがられてたんですが、誰かが飼おうとしてもすぐに脱走しちゃうんで、わたしたちボランティアが去勢して、ご近所の人たち何軒かで面倒見てるんです」

お世辞にも美形と言えない容貌ではあるが、なんともいえない味のある表情をしているトラの面構《つらがま》えを思い出す。

「トラの面倒見の良さもまた有名で、昔から猫飼ってるおうちに子猫を連れてきたり、犬の散歩している人に捨て猫を拾わせたりしてたんですよ」

動物の不思議な話は職業柄よく聞くし、こういう猫や犬の話は珍しくない。まるでそれが仕事みたいに、野良猫を見つけることを日課のようにこなすのだ。

「今回は僕がターゲットになったってわけですか……」

「獣医さんなら安心だと思ったんじゃないですか？」

「でも、それは知ってるはずありませんよね？」

「そうですね……」

普通の人間であってもわからないだろう。匂いでわかったというのはありえるかもしれないが、車に乗ってたわけだし……。

「トラのことだから、何を考えているかはわかりません」

園枝はそう言って笑った。

＊　＊

「まあ、たまたまですよね」

ぶたぶたはそう言いながら、中国茶を飲む。

「そう――としか言えないですよね」

邦夫はどう答えたらいいかわからない。おそらくトラのおメガネにかなえば、どんな人でも、たとえぬいぐるみでもいいのだろう。自分がたまたまそこを通れば、ぶたぶたの代わりになっていた可能性だってある。

「子猫たちはどうしたんですか？」

「みんな里親さんが決まって、引き取られていきました」

「そりゃよかった」

トラは世話役みたいなものなんだろうか。お見合いおばさんみたいな。オスなのになぜかそういう印象がつきまとう。

「その里親さんのところに、また子猫持っていったりしたこともあったらしいです」

「すごい！　マメですねえ」

「そのあとも何回かうちに来ましたよ。怪我の子や病気の子を連れてくるようになったんです」

「ええっ！」

トラ、とてつもなく賢いのではないのか？

「獣医さんだとわかって連れてきてたんですかね？」

ぶたぶたはしばし考えこみ、

「わかってたと思いますよ」

と言った。

「でも、他の獣医さんのところには行ってなかったみたいなんですよね。それが謎なんです」

「それは、ぶたぶた先生が一番信頼できると思ってたからじゃないですか？」

「そうですかねえ……。ならいいんですけど。そのあと、わたしは病院を移転させたので、ちょっと離れてしまったんですよね、トラの縄張りと。だから、それ以来接触はなかったんです。鶴見さんとはたまに連絡を取ってましたが。だから、根岸さんのお宅に行ってトラを見た時は、とてもなつかしかったんですよ」

料理はあらかた片づいたが、ぶたぶたはデザートに小さなチョコケーキを頼んだ。邦夫は遠慮して、エスプレッソだけだ。

ぶたぶたはおいしいものを食べることが大好きなようで、ひと口ひと口がすごくうれしそうだった。しかも、割と健啖家《けんたんか》でもある。食べたものがどこに行っているのかさっぱりわからないが。

「ん？　チョコが顔についてますか？」

ぶたぶたは口ではなく、鼻のあたりをペタペタ触った。

「いえ、おいしそうに食べるなあと思いまして。ジロジロ見てすみません」

「身体の割には大食いだと言われます」

……ジョークなのだろうか。

「食べるのも好きですが、作るのはもっと好きです」

「あー、うちの家内と話が合いそうですね」

「奥さんも料理好きですか？」

「今、食欲があまりないのに、料理の本をながめて過ごしてるくらい、好きな奴ですよ」

退院したら作るつもりで、せっせとレシピをメモしている。

「そうですかー……。あ、うちにいい料理本があるんです。今度持ってきますよ」

「え、そんな――」

「いつお渡しできるかわからないんですけど」

どうせなら、退院してからがいいな、と思う。

ケーキを食べ終わったぶたぶたは、エスプレッソを飲みながら（というより、鼻の下に染みこませながら）、トラの話を続けた。

「トラの子猫斡旋《あっせん》は、二年前の家出まで続いていました。家出というのも変ですが、とにかく、お世話になっていた家に帰ってこなくなったんです」

「それはみなさん、心配なさったでしょう」

「ええ。鶴見さんがうちにも連絡くれました。歳が歳ですから、それで姿を消したんじゃないかと最初は思われてました」

「ああ、猫が……死ぬ時は姿を隠すってことですか？」

それって本当なんだろうか？

「そうです。トラは半野良みたいなものですから、ありえないことじゃないって。もちろん、事故の可能性もありましたから、しばらく手分けして探したんですが、見つからなくてあきらめかけた時、鶴見さんがまた連絡をくれたんです。三ヶ月くらいたってましたかね」

「それがうちで引き取ってるって知らせだったたんですね？」

「そうです。それでみんな安心したんですよ。しかも、この間話を聞いたら、室内飼いになってるって。もう、みんなびっくりですよ。いったいどうやったんだって、知りたがってます」

「どうやったも何も……別に室内飼いにするつもりもなかったんですが」

トラが来た当時は猫を飼ったことがなかったが、その後は少し勉強した。交通事故も不安だし、ケンカなどして病気をもらうのも怖いので、室内飼いを心がけようと考えたが、特に苦労はなかった。最初のうちは外に出ても全然かまわないと邦夫たちは思っていたのだが、彼は出なかったのだ。

「不思議な猫ですね、トラは」

「そうですね。出会った動物の中で、特に印象に残っている子です。また何かあったら、遠慮なく連絡してください。すぐにうかがいますよ」

「ありがとうございます。助かります」

「本来はそうならない方がトラのためですけどね」

それもそうだった。二人は大声で笑った。

「今度はお酒をご一緒できるとうれしいです」

「わたしもです。またよろしくお願いします」

その夜は、それでぶたぶたと別れた。また会いたいと願いながらも、それはトラ抜きでないとつらいな、と思った。


帰ってから、トラにぶたぶたに会った話をした。

「トラ、お前は昔、子猫の面倒を見ていたんだってな」

トラはそれを聞いても何も言わなかった。彼はたまに返事はするが、おしゃべりな方ではない。

「ぶたぶたさんや他の人のところに子猫を連れていったように、今度はお前がうちに来たのか？」

この地区は、昔トラが縄張りにしていた場所とはだいぶ離れている。普通、猫はそんなに移動しないという。それなのにわざわざここまで来たというのは——人間の感覚で言うと、「定年後に田舎で暮らす」みたいな感じだな、と思う。

「引退後の生活を満喫ってところなのか？」

邦夫の言葉に対してのトラの返事は、そっぽを向いてあくびをすることだった。

「まあ、今お前に子猫を連れてこられても、俺は一人だし、とても面倒は見きれないな」

そんな小さな子猫など、実際に見たことも触ったこともない。

「お前の面倒も、いつまで見られるかわからないし」

実際はトラの方が年上なのだが、妻も病気で独り暮らしという状況では、つい弱気になってしまう。

「でも、俺と靖子が先に逝《い》っても、ぶたぶたさんと鶴見さんがいるから、お前は大丈夫だな」

久しぶりに飲んだワインのせいか、邦夫の独り言は止まらなかった。

「靖子もいつ退院できるかわからないし……」

先の見えない入院生活に、彼女も不安を抱きながら、邦夫の前では笑顔を見せるようにしているのだ。本音を話せるのは、トラの前だけと言っていい。

「ごめんな、トラ、変な愚痴聞かせて……」

邦夫はこみあげる涙をなんとかこらえ、トラを抱いて就寝した。いつもはいやがってめったに一緒に寝てくれないのに、その夜はずっとふとんの中でゴロゴロ言っていた。

次の日、トラは朝ごはんを食べてから、姿を消した。

「トラ？」

押入れなどに隠れるのが好きな子ならば、何時間かいなくなっても気にならないだろうが、トラはそういう子ではない。いつも誰かが見える場所に陣取っている子だ。

そのトラが見当たらない。

邦夫は外に飛び出した。

「トラ！」

ちっぽけな庭にも、家の裏にも、前の道路にもトラの姿はない。

周辺を歩き回って探した。トラが来てから、猫がいそうな場所がわかるようになったので、そこを重点的に。

でも、いない。

近所の猫飼いの家に行って訊いてみたが、トラは見かけていないと言う。

「トラ〜、トラ〜」

名前を呼びながら近所を歩く。しかし、トラは現れない。変な目で見られたりしたが、かまうものか。

今までこんなこと、一度もなかったのに。何か事故に遭《あ》っていないか、誰かに連れ去られたりしたのではないか、それとも――。

そう思った邦夫は、はたと立ち止まる。

トラが生きてきた約二十年の間のこの二年だけ、こういうこと――つまり、家出をやめていただけなのかもしれない。

そうだとすれば、どこか別のねぐらを探しに行ったのか、子猫を探しに行ったのか――それともこれは考えたくないが、死に場所を……見つけに行ったのか。

どちらにしても、我が家から離れようとトラが思ってしたことなのか。

道端で肩を落とした邦夫は、しばらくそのまま立ち尽くす。この間、トラが具合が悪くなった時にも感じた寂寥《せきりよう》に苛《さいな》まれる。

思わず電話をかけてしまう。

「はい、山崎動物病院です」

「根岸です、こんにちは……」

「あっ、根岸さん。昨日はありがとうございました！　どうかされましたか？」

「トラがいなくなりました……」

「ええっ！」

「今、探してるんですが、見つからなくて……」

「根岸さん、落ち着いてください。トラは元々家出癖のある子ですから、夜には帰ってくるかもしれませんよ」

「そうでしょうか……」

ぶたぶたの言葉でも信じられない。どっちにしろ老猫であることが気がかりだ。

「とりあえず、少し待ちませんか？　わたしも心当たりに連絡しときますので」

「そうですね……わかりました」

そろそろ病院へ行く時間が迫っていた。靖子には気取られないようにしなければ。

しかし、さすが長年連れ添った妻なだけある。

「邦夫さん、元気ないわね」

すぐにわかってしまった。

「何かあったの？」

「いや……」

なんでもない、と嘘をつこうとしたが、元々苦手なので、声が詰まってしまう。

「……トラちゃんのこと？」

「う……！」

なんでわかった？　と言いそうになって、あわてて口をつぐむ。

「この間も、あなた変だったけど、それもトラちゃんのことだったわ」

「そうか……」

邦夫は昨日ぶたぶたに会ったこと、その時に聞いた昔のトラのこと、帰ってきて彼に愚痴をこぼしたこと、そして今朝のことまでを靖子に話した。

「トラちゃん、人間の言葉がわかるのかしらね」

靖子はため息をついてそう言った。

「そうかもしれないな」

いろいろ辛気臭《しんきくさ》いことを言われて、いやになったのかもしれない。あるいは、過去のことを知られたのがいけなかったのかも。とても人間臭い理由だが。

「ごめんな、こんな話をするつもりはなかったんだが」

「隠されてる方がつらいわ」

靖子は笑ったが、やはりちょっと淋しそうだった。


バスは使わずに、歩いて帰った。けっこうな距離だが、歩きながらトラを探した。

ぶたぶたと園枝に電話をしたが、トラは見つかっていないと言う。貼り紙などを作って配った方がいいだろうか。なんとか靖子が退院するまでに戻ってきてくれれば……。

「ブニャー」

玄関を開けると、上がり口でトラが待っていた。

「トラ！」

ぶたぶたの言ったとおり、トラは帰ってきていた。拾った時につけた猫用ドアを通って入ってきたのだろう。初めて使ってもらえた。

「どこ行ってたんだ、トラ！」

と訊いても、答えてくれるわけはない。

でも、ホッとした。すぐに靖子へメールを出した。


トラ、帰ってきたよ。今からごはんをあげます。


もちろん写メつきで。

身体は少し汚れていたが、ブラッシングで落ちる程度で、怪我もないようだ。お腹も空いているらしく、出された猫缶をペロリとたいらげた。

どこかで別宅を見つけたのでは、と思ったが、この食欲はどうだろう。でも、出されたものを全部食べるタイプなのかもしれないし。邦夫たちが知らなくても。

靖子からすぐにメールが返ってきた。


トラちゃん帰ってきて、安心しました。

虎と猫の絵文字が踊っている。

「お母さんも心配してたんだぞ」

ごはんを食べ終わり、口周りをペロンペロン舐めているトラに向かって靖子のメール画面を見せる。

「もう家出はするなよ。な？」

だが猫なので、約束はしてくれないのであった。


そして、次の日のトラは、邦夫に断りを入れて出かけていった。

別に「いってきます。何時に帰ります」とか言ったわけではない。そんなことはできっこない。当たり前だ。

ただ、邦夫が外でゴミの袋をまとめていたら、トラが出てきて、

「ブニャー」

と言い、悠々と道を歩いていったのだ。

「トラ！」

と呼ぶと振り返った。

「トラ、今日も帰ってくるんだよな？」

と言ったら、また、

「ブニャー」

と鳴いて、行ってしまった。

不安ではあったが、昨日のようにあわてることはなかった。トラは多分、ちゃんと帰ってくる。

ぶたぶたと園枝にはまだ連絡していなかったので電話する。

「トラ、帰ってきました」

「よかったですね！　言ったとおりだったでしょ！」

ぶたぶたが得意気に言うが、

「でも、今朝また出かけていきました」

「えー」

気が抜けたような声に、つい笑ってしまう。

「捕まえなかったんですか？」

「あ……そうですね、捕まえればよかった。でも、目の前ですたすたと出て行かれまして」

今度はぶたぶたが笑う番だった。

「なんとなく、今夜も帰ってくる気がするんです」

「一応、こちらも気をつけておきますね。昼間どこにいるかはわからないんですもんね」

そうなのだ。あいつはいったい、どこに遊びに行っているのだろうか。

靖子は、目の前で出かけていったトラの話をすると、がっかりするどころか大声で笑った。

「トラちゃんらしい気がするわー」

「不安にならないのか？」

「ならないって言ったら嘘になるけど……事故は心配よ。でも、それだけね。トラちゃんにはトラちゃんの考えがあってやってることだろうけど、自分勝手なわけじゃない気がするの」

「あれほど猫っぽい奴もいないと思うけど……」

「そうね。人間の都合も考えず、子猫を拾って押しつけてね」

「……猫っぽいのかな？」

「違うかも。でも、猫の都合優先な気がするわ」

どっちにしろトラに人間の常識は通じない、という話になっていった。そりゃそうだ。猫なんだし。

夜になると、トラは帰ってきた。ごはんをモリモリ食べ、次の日も出かける。

邦夫は靖子と病院で、

「トラはどこに行ってるんだろうねえ」

という話をする、という日々が何日か続いた。


ある日、いつものように邦夫は病院にいた。

担当医師からの話に落ち込んでいた。靖子の容態はなかなか退院できるところに落ち着かないと言う。

長引くようなら、転院も考えなければならないかもしれない。まだ切羽詰まっているわけではないが、まるでこのまま彼女がよくならない、と宣告されたような気分になってしまったのだ。

笑顔で靖子と対峙《たいじ》できるまで、談話室のベンチに座って気を落ち着かせていた。その時、携帯電話が鳴った。

「もしもし、根岸さんですか?」

ぶたぶただ。

「はい、そうですけど、どうかしましたか?」

「今、根岸さんの奥さんが入院されている病院の近くを走ってるんですが、先日話したご本をお渡しできたらなと思いまして」

なんと義理がたい。ちゃんと憶えていてくれたのだ。

退院してから、ぶたぶたと対面させる時に、という邦夫の願いはかなわなかったが、今は靖子の楽しみが一つでも増えれば、と思う。

「わかりました。わざわざありがとうございます」

「お邪魔してもなんなので、駐車場でお渡ししますよ」

どうせなら今、靖子にぶたぶたを会わせたい、と思ったが、自分がいろいろダメな状態なので、引き止めることはできなかった。彼もまた、忙しいだろう。

「わかりました。下でお待ちしています」

「すぐうかがいます」

電話は切れた。


外に出ると、空はどんよりと曇っていた。雪が降りそうな雲が立ち込めていた。

温かいドアの中からも駐車場は見えるのだが、そこにいる気はなかった。寒い中に立っていれば、しかつめらしい顔をしていても変に思われないだろう。

「根岸さん！」

山崎動物病院の車が病院に入ってきて、窓からぶたぶたが手を振っている。今日は助手の人が運転している。なんとなくホッとしてしまう。

車に近寄ると、

「中に入ってるとばかり思ったのに！」

「いや、なんか暖房効きすぎてて」

下手な嘘をつく。

「はい、これです」

色鮮やかで写真集のような本が、透明なビニール袋に入れられ、口がリボンで結ばれていた。

「奥さんにどうぞ。差し上げます」

「あっ、そんな！」

「間違って二冊買っちゃったんで、どうぞ。洋書ですけど、レシピ集としても写真集としても楽しめますよ」

「……ありがとうございます」

「根岸さん、元気ないですね……」

窓枠につかまって、心配そうな目でぶたぶたは邦夫を見上げた。その姿に、思わず笑ってしまう。

「大丈夫です」

「奥さんもですけど、根岸さんも無理なさらないでください。お医者さんにかかってくださいね」

「ええ、大丈夫です」

もう一度くり返す。

大丈夫、大丈夫。自分にも靖子にも言い聞かせている。毎日、毎日。

これからそんな日々も続かなくなっていくのだろうか。靖子もトラもいない昼間の家は淋しい。淋しすぎる……。

「あ、あの猫、またいる」

ぶたぶたの助手が独り言のように言う。名前は確か出口。

「猫?」

「最近、同じ木の上にいつもいるんですよ。昨日だかおとといだかもここの道走ったら、いて。何してんだろうなあと思ってたんです」

「どこの木の上?」

「あそこです」

ぶたぶたが身を乗り出して上を見上げて、

「トラ!?」

と叫ぶ。邦夫もあわてて彼が指差す方向を見る。

病室の廊下側の窓からちょっと離れたところに、巨大なシュロの木が植わっており、そこのてっぺんのところに茶色い猫が座っているのが見える。

トラだ！

邦夫は木に駆け寄り、

「トラ！　なんでそんなところに――！」

と叫ぶ。トラはちらりとこっちを見たが、特に降りてくる気配はない。

ああ、あの廊下――まさか。

「ぶたぶたさん、すみません。ありがとうございました、失礼します！」

邦夫はあわてて靖子の病室に戻る。

「靖子、廊下から外見ろ」

つまらなそうに小説を読んでいた靖子が、突然飛び込んできた邦夫に目を丸くする。

「何、どうしたの？」

大きな声を出さないように注意しながら、靖子を起き上がらせ、廊下に連れていく。

「ここから下を見て」

訝《いぶか》しげに窓から下を見た靖子だったが、突然顔がぱあっと明るくなった。

「トラちゃん！」

ここからのトラは、シュロの木のてっぺんに巣を作ってくつろいでいるように見える。

「トラちゃん……もしかしてお見舞いに来てくれたの？」

声は聞こえないが、トラの口が「ブニャー」と動いた。

「そうなのね。ありがとう、トラちゃん……」

靖子はそう言ってうれし泣きをしているが、邦夫には「今頃気づいたのかよ」みたいな顔に見えた。

あるいは、「早く帰ってきて、俺の世話をしろ」とも。

視界のすみに、走り去っていく車があった。窓からぶたぶたが手を振っている。見えないかもしれないが、邦夫も手を振った。

靖子はトラを見て泣くばかりで、ぶたぶたには気づかなかった。


靖子はその日から急速に快復して、次の週には退院の運びとなった。急展開すぎる。今までトラに見守られていたことが、よっぽどうれしかったらしい。とにかく早く家に帰りたい、と今までになく思ったようだ。

彼女の退院の日の朝、玄関で靴を履いていると、トラが膝の上に乗ってきた。

「トラ、今日お母さんが帰ってくるよ。もう見舞いはいいからな」

トラの背中は、おひさまの匂いがした。

歳を取ったトラにとって、毎日バス停三つ分の距離を歩くだけでも充分冒険だろう。だが、この家に来るまで、それよりも長い距離を歩いたのだ。

ぶたぶたとは、あのあとこんな話をした。

「トラは、本当に死に場所を探していたのかもしれませんね」

「うちに来る前ですか？」

「そうです。彼はもう自分の役目は終わったと考えたんじゃないかな」

その気持ちは、人間でもわかる。自分も定年退職したあとは、何をしたらいいのかわからなかった。毎日やっていたことができなくなるのは思ったよりもつらいのだ。

「それなのにたまたま根岸さん夫妻に出会い、『この家で暮らしたい』と思って居着いたと」

ドラマチックな展開になるかと思いきや、急に適当になる。

「トラの気持ちはやっぱりわかりませんね……」

「でも思うんです、根岸さん」

ぶたぶたの点目は、いつになく真剣に見えた。

「トラは子猫に対しての面倒見は本当によかった。頭はいいし、身体も丈夫だし、とても愛嬌《あいきょう》がある。トラを愛した人はたくさんいましたけど、トラが気に入って、一つの家に居着いたのは、根岸さんのところだけです」

「そんな……」

と言いかけて、言葉を失った。一匹の老猫に対して、こんな気持ちを抱くなんて。

だが彼は、自分たちの孫のような、息子のような——大切な存在だった。

そういう存在を、この歳で手に入れられるとは、思ってもみなかった。

「根岸さんのところなら、生きててもいいかなって思ったのかもしれません」

「そんな大げさなことですかねえ」

なんとかそう声を絞り出す。

「わたしが猫と話ができれば、直接聞いて確かめられるんですが」

彼が動物と話ができないというのに驚くというものだ。

「じゃあ、行ってくるからな、トラ」

「ブニャー」とトラが返事をした。

「お母さんをちゃんと出迎えるんだぞ」

わかったわかった、と言うように、トラは目をつぶる。

そして、感動の再会！　となるかと思ったのに、結局出迎えてくれなくて、こたつの中で爆睡《ばくすい》中のトラを見つけ、夫婦で大笑いをした。

こんな毎日がいいと、心から邦夫は思った。

あとがき

お読みいただき、ありがとうございます。矢崎存美です。

ぶたぶたのお医者さん――とタイトルだけだと「ええっ、ついに⁉」と思う方々もいらっしゃるでしょうが、申し訳ありません、獣医さんです……。って、このあとがきを読んでいる人はわかっているはずですが。

光文社文庫のあとがきには書いていなかったようなのですが、うちには猫がいるのです。去年の八月にやってきた元野良のメス猫。

つまり、「ビビリ猫モカ」のモデルはうちのピノンです。模様などは変えてありますが、目の色は一緒。

「モカ」というのは、最初につけようとした名前です。でも、親戚の飼っている犬に同名の子がいるというので、変えました。

で、そのピノンですが、もうすぐ一歳半になります。避妊手術がやっと終わり、食欲が爆発しております。でも、空腹をうるさくアピールするような子ではなく、ただただじーっとにらまれる。お腹がぽよぽよしているので、朝晩のごはんと決まった時間のおやつ以外はあげませんよ。

上品で気位の高いお姫様、というイメージの猫です。そして、ドジっ子。私の部屋の窓辺がお気に入りの場所なのですが、たまに乗りそこねて落ちてます。猫とは思えない運動神経……。

外見はもちろんかわいいんですが（親バカ）、実は一番かわいいのは鳴き声なのです。この鳴き声を含めた動画を撮って、YouTubeに載せたら、絶対に大人気になる！　と断言できる。

でも、載せられないのよね……。撮れないから……。カメラ大嫌いだし、音にも怖がる。iPhoneの連写機能で撮ったら、一目散に逃げちゃいましたよ……。

フォトジェニックじゃないのですよね。かわいい写真が撮れない。望遠レンズで撮るとか、どこのパパラッチだよと言いたくなるような撮影をするしかないわけです。この！　こんな狭い家で！　猫パパラッチ！　いやもう、いっそ監視カメラを設置するとか！

……そうでもしないと、自然な表情は撮れないでしょうね。ましてや鳴き声など！

ピノンの鳴き声は「ニャー」ではなく「ぷー」なのです。いや、「ニャー」とも鳴きますけど、基本は「ぷー」。走りながら「ぷぷぷぷっ」とか、驚いた時に「ぷーっ！」とか、寝言で消え入りそうに「ぷー……」とか。

そして一番かわいいのは、高いところから降りた時の「ぷっ！」という声なのですよね。子猫の時だけかな、と思っていたのですが、いまだに言うので、もしかしてずーっと言い続けてくれるんだろうか、と期待しています。あ、今も私のベッドに飛び上がりながら、「ぷうぅ〜！」と言ってました。

これらを公開できれば、全世界の猫好きを萌《も》え死なすことができるはず！　聞くと笑い死ぬジョークみたいな感じで！

……まあ、無理なんですけどね。撮れないから。

いつものように、お世話になった方々、ありがとうございました。

手塚リサさんの表紙イラストですが、今回初めてのぶたぶたの横顔だそうです。ぶたぶた単独じゃないというのも初めてじゃないですか？　トラ、さすが偉い。

ネタバレあとがきなども私のブログ http://yazakiarimi.cocolog-nifty.com/ に載せる予定ですので、よかったら見てください。

さて、「フミフミさせろ」という顔でピノンが見ておりますので、この辺で。

またお会いいたしましょう。

光文社文庫

文庫書下ろし
ぶたぶたのお医《い》者《しや》さん
著者　矢《や》崎《ざき》存《あり》美《み》

2014年1月20日　初版1刷発行
2014年11月15日　2刷発行

発行者　鈴木広和
印刷　慶昌堂印刷
製本　ナショナル製本

発行所　株式会社　光文社
〒112-8011　東京都文京区音羽1-16-6
電話（03）5395-8149　編集部
8116　書籍販売部
8125　業務部

ISBN978-4-334-76677-1　Printed in Japan

組版　萩原印刷

お願い　光文社文庫をお読みになって、いかがでございましたか。「読後の感想」を編集部あてに、ぜひお送りください。

このほか光文社文庫では、どんな本をお読みになりましたか。これから、どういう本をご希望ですか。

どの本も、誤植がないようつとめていますが、もしお気づきの点がございましたら、お教えください。ご職業、ご年齢などもお書きそえいただければ幸いです。当社の規定により本来の目的以外に使用せず、大切に扱わせていただきます。

光文社文庫編集部

矢崎存美の本

好評発売中

とびきりのコーヒーと癒しの時間が待っている！

ぶたぶたと秘密のアップルパイ

イラストレーター・森泉風子は、不思議な会員制喫茶店への特別招待券を手に入れた。そこでは、誰にも話せない秘密をひとつ、店員に話さなくてはいけないというのだ。その店員というのが……見た目は可愛いぶたのぬいぐるみだが、中身は心優しき中年男・山崎ぶたぶただった。客たちはみな、ここで心の荷物を下ろし、新しい人生へと踏み出す勇気をもらってゆく――。

光文社文庫